中公新書 3

会田雄次著

アーロン収容所 改版

西欧ヒューマニズムの限界

中央公論新社刊

まえがき

やっぱり、とうとう書いてしまったのか。まえがきを書こうとすると、どうしてもこのような感慨がまず最初に浮かんでくる。

これは、終戦直後から二十二年五月までの一年九ヵ月間、ビルマにおける英軍捕虜としての私の記録である。昭和十八年夏、私は教育召集によって京都の歩兵連隊へ入隊した。三ヵ月でいったん帰宅できるだろうと考えていたところ、この京都師団は同年冬初動員され、ビルマに送られることになり、私もそのまま輸送船に乗せられることになってしまった。この私たちの師団はビルマ東部のシャン高原に進出したが、背後奥深く降下した英軍の大空挺部隊と対戦し、結果は惨憺たるものとなった。終戦直前には一切の重火器を失い、第一線兵力は当初の数十分の一に減少し、おなじように総崩れになった友軍部隊とともにビルマの東南端におしつめられ、全滅を待つ寸前であった。しかし、終戦によってからくも全滅はまぬがれ、武装解除された私たちの師団はラングーンに送られ、そこで約二年間、英軍の捕虜としてはげしい強制労働に服させられたのである。

この経験は異常なものであった。この異常ということの意味はちょっと説明しにくい。個人の経験としても、一擲弾筒兵として従軍し、全滅にちかい敗戦を味わいながら奇蹟的にも終戦まで生きのび、捕虜生活を二年も送るということも異常といってよいかもしれない。異常といえば、日本軍が敗戦し、大部隊がそのまま外地に捕虜となるということ自体が、日本の歴史始まって以来の珍らしいことである。

だが私がここで異常というのは、もうすこし別の意味においてである。捕虜というものを私たちは多分こんなものだろうと想像することができる。小説や映画やいろいろの文書によっても、また、日本軍に捕えられたかつての敵国の捕虜の実際を見ることによっても、いろいろ考えることができる。私たちも終戦になったとき、これからどういうことになるだろうかと、戦友たちと想像しあった。ところが実際に経験したその捕虜生活は、およそ想像とかけちがったものだったのである。

想像以上にひどいことをされたというわけでもない。よい待遇をうけたというわけでもない。たえずなぐられ蹴られる目にあったというわけでもない。私刑《リンチ》的な仕返しをうけたわけでもない。それでいて私たちは、私たちはといっていけなければ、すくなくとも私は、英軍さらには英国というものに対する燃えるような激しい反感と憎悪を抱いて帰ってきたのである。異常な、といったのはそのことである。

ビルマで英軍に捕虜となったものの実状は、ほとんど日本には知られていない。ソ連に抑留された人びとのすさまじいばかりの苦痛は、新聞をはじめ、あらゆるマスコミの手を通じて多くの人びとに知られている。私たちの捕虜生活は、ソ連におけるように捕虜になってからおびただしい犠牲者を出したわけでもなく、大半は無事に労役を終って帰還している。だから、多分あたりまえの捕虜生活を送ったとして注目をひかなかったためもあろう。抑留期間も、ながくて二年余でしかない。そのころは内地の日本人も敗戦の傷手から立ち直るためにのみ夢中のときである。人びとの関心をほとんどひかなかったとしても無理はない。

だが、私はどうにも不安だった。このままでは気がすまなかった。私たちだけが知られざる英軍の、イギリス人の正体を垣間《かいま》見た気がしてならなかったからである。いや、たしかに、見届けたはずだ。それは恐ろしい怪物であった。この怪物が、ほとんどの全アジア人を、何百年にわたって支配してきた。そして、そのことが全アジア人のすべての不幸の根源になってきたのだ。私たちは、それを知りながら、なおそれとおなじ道を歩もうとした。この戦いに敗れたことは、やはり一つの天譴《てんけん》というべきであろう。しかし、英国はまた勝った。英国もその一員であるヨーロッパは、その後継者とともに世界の支配をやめてはいない。私たちは自分の非を知ったが、しかし相手を本当に理解したであろうか。

私たちが帰還して以来、私たちの近くには英国に対する讃嘆が渦をまいていた。近代化の模範国、民主主義の典型、言論の自由の王国、大人の国、ヒューマニズムの源流国、その賞讃のすべてが嘘だというのではない。だが、そのくらいのことは戦前でも私たちは知ってい た。いや、このような長所とともに、その暗黒面も知っていた。昭和の初めごろから、敵国、すくなくとも競争相手・対立者としての見方が重きをなしてきて、それが悪の反面をも認識させることになっていたからである。

だが、戦前の二つの見方を合しても正しい見方になるのではない。それは裏と表の表面的な認識に過ぎない。その中核を形づくっている本体を見ていなかったのではないだろうか。私たちは、これまでの英国に対するすべての見方を根本的にやり直すべきではないのか。英軍の捕虜生活は私たちにそのことを示唆してくれたように思う。

私は西洋史を研究対象にしている一学徒にすぎない。イギリスの、広くはヨーロッパの社会や文化を全体的に云々することはあまりに大それたことであろう。しかし、私の研究には、この戦争や捕虜の経験が基礎体験の一つとしてはいって来ざるをえない。そうした目で見るとき、ふつうの目でながめるのと大変ちがったヨーロッパというものの特殊な姿が浮かび上がって来るのである。私としては、ふつうのつきあいで見えない本当の姿がそれだという感じを押えることができない。そういう意味でも、そのときの体験をできるだけ生《なま》の姿で多くの方々に伝えることは、当然の義務であるようにも思ったからでもある。

このようなわけで、私としては何か多くの人びとに訴えたい気持に駆られていた。しかし、それを止めさせようとする力も同時に働いた。私たちの体験を異常と感じたというそのことである。この体験を、それを経験しなかった人に本当にわかってもらうことは非常にむずかしい。そのためには容易ならぬ能力が必要だと思われるけれど、私にそんな力は到底ありそうもない。それに、私たちの体験は戦争捕虜という非常事態のことである。相手も、本性をあらわしたかもしれないが、あるいは本性でなく、一時のそれこそ異常な状況が生んだ異常性格だったかもしれない。しかも、私自身の体験は、万年初年兵という日本軍隊の一番底辺においてであり、視野が片よりすぎているかもしれない。

このような反省が、私をして捕虜の話をすることを阻止してきた。ときどき教室や雑談で、ほんの一部分を吐き出すだけであった。しかし言いたいことを言わないでいるのは、つらいことである。「中公新書」編集部の熱心なおすすめもあって、筆をとる決心をしたのは、このつらさから解放されたいためであった。やっぱりとうとう書いてしまった、という変な感想をはじめにもらしたのもこういうわけからである。

最後に一言お断わりを。この本に書いたことは、できるだけ客観性も持たすためなるべく伝聞を避け、私自身の体験を主にした。「私」という言葉がすこし出すぎたようだけれども、そういう次第でご諒承いただければ幸いである。記憶の誤まりをおそれることもあって人物は全部イニシアルかまたは仮名にした。そして、これはかなり考えた後でそうしたことだが、上記のような理由もあるし、いろいろの感想はできるだけそのとき、そう感じたままに書き記すことにした。当時トイレット・ペーパーの上にかきつづり、こっそりもって帰った日記や感想を、適当に取捨、配列、つぎ合わせたようなものである。その後十五年、私は私なりに書物を読んだりして、現在は、英国に対して考え方を変えたところもある。だが、基本的な変化はないし、学問の上での認識は、かえって真実から遠ざかっていることもあろう。正直に、その当時の気持を言って、読者の批判を待った方が正しい道だと考えたからである。記憶の誤まりもあるかもしれない。ご叱正いただければと切に願っている。

一九六二年一〇月

著者

アーロン収容所　目次

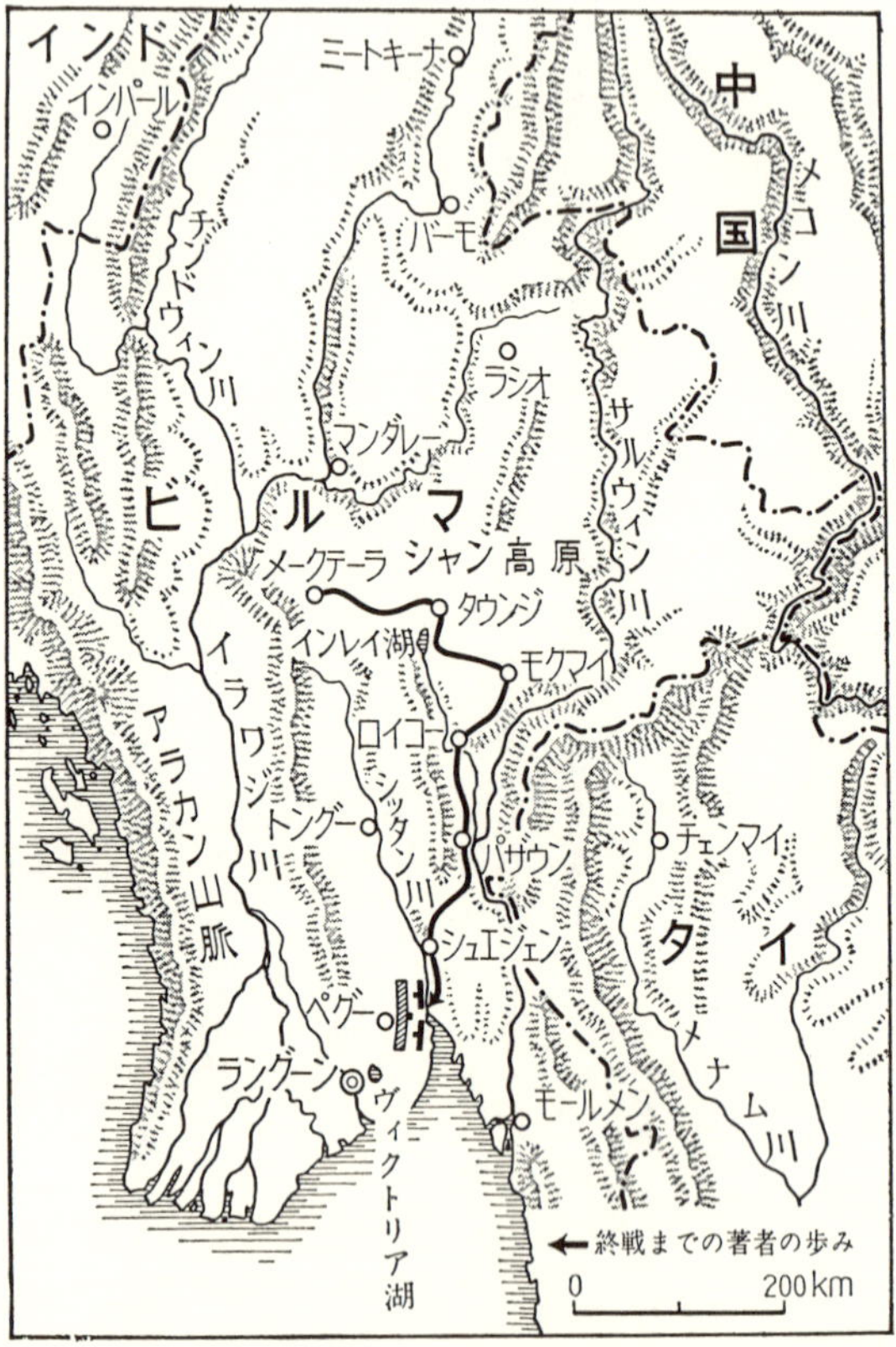
インド
インパール
ミートキーナ
中国
メコン川
バーモ
チンドウィン川
ラシオ
マンダレー
サルウィン川
ビルマ
メークテーラ
シャン高原
タウンジ
インレイ湖
モクマイ
ロイコー
イラワジ川
アラカン山脈
トングー
シッタン川
パサウン
チェンマイ
タイ
シュエジェン
ペグー
ラングーン
ヴィクトリア湖
モールメン
メナム川
終戦までの著者の歩み
0
200km

アーロン収容所

捕虜になるまで

終戦前夜

私たちの部隊は、終戦のときには、ビルマ南東端まで追いつめられ、シッタン河の河口で英軍と対陣していた。

もっとも、対陣といっても、あまりいさましいものではなかった。完全に追いまくられた日本軍が、モールメンに残された軍需品を支給され、やっと一息ついて立ちどまっただけにすぎない。英軍が準備なって進撃すれば潰滅することは目に見えていた。私たちの中隊は、ラングーンで包囲された「策」部隊の脱出部隊援護という名目で、シッタン河の対岸にわたっていたのだが、ちょうど雨季で、周辺は一面の泥沼、英軍車輛部隊はうごけない。それで一息つくことができたのである。砲撃だけが激しかった。

中隊といっても、士官は中隊長と、慶応大学出身で最近戦列に加わった学徒兵の少尉一人、あとは十数人の兵隊だけである。それが半分ずつに分かれ、中隊長は対岸、小隊長はこちら側の指揮者となり、両方とも無人となった小部落にこもっていた。

しかし残り持っている武器といえば軽機一つと数個の小銃にすぎない。軽機の弾薬は数百発を余すだけで、一、二分射ったら、というよりスピンドル油がなく豚の油で手入れしてある軽機だったから、つっこみ(銃身に弾が二発一緒にはいって射撃不能になること)をおこさず無事に射ち終えることができたらといった方がよいだろうが、もう弾薬はつきて万事おしまいという状態だったのである。武器、弾薬の補充はもう少しもしてもらえない。それでいて数千メートル幅の前線を守ろうというのであった。もっとも、これでも逆襲に成功してここまで出てきたのである。連隊本部は数キロ後方のジャングルにあって、ここには輸送部隊の兵力がかなりいるが、戦闘員としてはあまり役に立たない。

私は六月末に原隊に復帰したので、前線と連隊本部、さらに後方補給部との相互連絡というやな役目に専任させられた。靴はあっても、いざというときのためにとっておかなければならない。十人ぐらいが隊をくんで、裸足で馬をひいてゆくのだが、その馬がビルマ産の小馬で、バカで訓練はなっていない。何にでも驚いてあばれだす始末である。そんな馬とともに土砂降りの雨のなかを、泥沼や岩山をこえて何日も歩くのだからこたえた。

それに兵隊には不思議な仁義があって、ジャングルのあちこちに建ててある〝瀬降り〟という仮設兵舎をかりた場合、うっかり有難うだけですますわけにはゆかない。泊めてもらったりすると挨拶とお礼がいる。お礼には部隊への支給品などをあてることになる。そうすると砂糖など数量のあいまいなものはよいが、そうでないものは原隊へ帰ったとき支給書に記されたものと現品との員数が合わなくなり、万年初年兵である私が盗んだことになる。ともかく心労と肉体の疲労で参りそうな日々だった。

八月十三日（昭和二十年）だったと思う。私たちは後方の補給部隊へ砂糖や塩干魚や石鹼などをとりに出発した。途中で一泊、補給隊で一泊、帰りに一泊という旅である。

その日、ジャングルのなかに敵の飛行機からまいた「陣中新聞」が落ちてきた。週刊誌よりやや大きいニュー・デリー発行の写真入りの宣伝紙である。私たちは今までもこれでニュースを知ってきたのだ。こっそりひろって見る。大阪の爆撃の写真、それに女と子どもが奇妙な日本風の風呂に入っている写真が刷られていて、サイパンの全員玉砕はウソで、捕虜たちはこのようにたのしく生活をおくっていると説明がついている。ソ連の参戦と日本の無条件降伏の近いことも書いてあった。原子爆弾のことはふれてなかったように思う。こんなものを持っていて見つかったら、どんな目にあうかわからない。私はそれを破って棄ててしまった。いまから考えるとまったく惜しい。いい記念になったのにと思う。それにずっと前からよく撒かれていた英軍第一線の「通行証」もとっておけばよかった。これは、うらに英語で、この男は英軍に協力しようとする善良な人間であるから、鄭重に取り扱えという意味のことが書いてあった。

その日は途中の中継所の寺に泊った。床下に馬をつなぎ、たき火をし、ぐっしょり濡れた衣類をかわかして、いっしょに来た兵士たちと雑談する。ここで泊り合わせた通信隊の兵士が、日本はポツダム宣言とやらを受諾した、どうも無条件降伏らしい、そういう無電を傍受したと教えてくれた。上官に聞えないようなひそひそ話である。情ない話だが、それを聞いたときは、思わずおどり上りたい気持になった。

正直な話、私は日本出発のときから、師団の装備を見てこれは大変だと思っていた。当時でも第二線級の、まるで第一次大戦前のような装備。対戦車砲といっても、二門の自走砲以外は、明治三十年式とかいう一発うつごとに砲車ごとごろごろとさがるやつばかりであった。

私の所属していたのは、第五十三師団、通称「安《やす》」師団の第百二十八連隊第二大隊第五中隊である。新兵の私は擲弾筒手としてこの中隊に配属された。この師団は昭和十八年秋に動員され、十九年の暮、門司港を出帆した。

港を出るやいなや沈没船のマストの林である。輸送船団は何度も敵潜水艦の魚雷攻撃をうけた。カムラン湾ににげこみ、敵潜水艦影なしという報告で、出てきたとたん、指揮艦「図南丸」以下が雷撃をうけた。その船腹に昇った水煙と煙は、いまもあざやかに印象に残っている。しかし、私の大隊の乗っていた小貨物船は、ともかくサイゴンに着くことができた。ほっとした船員たちが「今晩は無茶苦茶に飲むんだ」と喜びあっていたことが思い出される。

ここで兵隊たちは「仏印の守備かいな」などと呑気なことを言いながら、豊かな給与をうけて、演習ばかりやらされていた。それはおそろしく大時代の演習であった。兵隊も将校も召集兵が多く、シナ事変に二、三度行った経験があるという三十歳前後の古強者が大半をしめていた。それに少数の現役兵がまじっている。私自身は、師団に動員がかかる少し前に、教育召集で入営した初年兵である。私たちの中隊には、そのなかで成績のよかった十数名が選抜されて入っていた。病身で病気ばかりしていた私が「第一選抜」になるぐらいだから、この初年兵たちは、あまり頼りにならない。そのせいだったのか、応召兵は親切だったが、現役兵は意地悪だった。あるいはそろそろ除隊だという間際に動員されたので、みな不機嫌で、少数の私たち初年兵はひどくいじめられることになったのはその代償かもしれない。

そのうちビルマの戦況が急変して、昭和十九年三月のはじめだったか、私たちの部隊は、船や汽車や飛行機やトラックや、何でもかでもで、バラバラになったままビルマへ緊急輸送された。

こうなると私たち初年兵には、師団の行動がどうなっているのかわからない。馬の輸送を命じられて、ビルマ南西のアキャブ近くから、北東端のラシオまで、馬といっしょに、乗ったり歩いたり、何やかや追いまわされているうち、師団主力は、シャン地方に降下した敵空挺部隊を攻撃していた。この攻撃は成功したらしいが、追撃戦に移って、こちらも潰滅的な損害を受け、戦力らしいものはこれですっかり失ってしまった。かくて、このシナ事変向きのオンボロ装備部隊は、はなばなしい戦闘はそれきりという状態になってしまった。

私たちはビルマの第一線でも、軽機だけで敵戦車部隊と戦わねばならなかったのである。対戦車戦闘の訓練などもうけたことはない。いわゆる携行地雷なども持っていなかった。これでは戦闘になるものではない。だからメークテーラの戦いでは、戦車集団に突破され、大混乱となった。それが原因となってか、私たちの「安」部隊は、すっかり〝弱い〟という評判をとってしまった。弱いことも弱かったろうが、あのときは、あっという間に通過されてしまったというのが本当だろう。

その直後、全ビルマ方面軍の総退却がはじまる。マンダレー南方イラワジ河会戦、トングーの戦いと、後退戦をつづけながら、昭和二十年の初夏、「安」師団はビルマ南岸のシッタン河岸にたどりついた。それから先は、はじめにのべたとおりで、すでに乞食の竹槍部隊のようなものになり下っていた。シッタン会戦では雨季を利用して反撃できたが、雨季があけ敵軍が大挙渡河して来たら、今度こそほとんど助かる見込みはない。さいわい弾にあたらなかったにしても、あの泰緬《たいめん》国境の死の峠をこえてタイまでのがれる体力は、誰ももっていなかった。

この「安」師団の兵力は、昭和十九年夏に内地から補充をうけたころは総数二万にちかかったようである。それが終戦時には三千たらずに減っていた。とくに歩兵は全滅に近く、たとえば、三百名以上いた私たちの中隊は、終戦時十四、五名、後になってタイなどから帰って来た者を合わせても十七名ぐらいにしかならなかった。比較的生存者が多かったのは、野戦病院隊や経理・防疫給水隊などの、まったくの第二線部隊だけであった。

こういう状態では、戦争が終るらしいときいてやれやれと思ったのも仕方がなかったろう。全面降伏なら私たちも英軍に投降することになるが、いわゆる捕虜の汚名をきないですむだろう。殺されるかもしれないが、生きられる可能性の方がやはり大きそうである。そうすると、もう完全に近いほど諦めていた日本の土がふたたびふめるかもしれない。父や母や家族と会えるかもしれない。日本全体は焼土と化しているかもしれないが、家族のものは何だか昔のままの姿で生きて待っていてくれるような気がする。

私たちは急に狂ったような激しい郷愁にとらわれた。寺の床に寝ながら、みな昂奮していた。家の思い出が口々に語られる。ふと誰かが、もうすぐ大文字の送火だ、今年などはとてもやれないだろうがと口に出した。それを聞いたとたん、私の脳裏に家族一同二階からそれを見たときのこと、それも幼いときの思い出が突然目にしみるような鮮烈さで浮かび上ってきた。涙がどっとあふれてきて、ポタポタと床の上に流れ落ちた。
おなじ気持であったろう。兵隊たちはいつか小声で軍歌に口をそろえていた。

霜は軍営に満ち満ちて
秋気清しと詠じける
昔のことのしのばるる
今宵の月のしずけさよ………
台場を屠り城を抜き
千辛万苦へたる身の
不思議にいのちながらえて………
我が父母や同胞《はらから》は
我を案じて暮すらむ………

題は忘れてしまったが、この頃よく仮小屋のなかでうたう歌である。この哀調にみちた軍歌は、あまりに頽廃的で志気を沮喪するものとしてうたうことを禁じられていたように思う。しかし、このごろは絶望的になった戦場の気分によく合い、兵隊に好まれてひそかにうたいつづけられていた。何度もうたい合ってみななかなか眠れなかった。ながいその文句をふと忘れて合唱がとぎれると、誰か覚えているものがやや声を大きくしてつづけ、みなが思い出してまた合唱となるのである。

翌日、食糧の塩干魚や砂糖や石鹸などをうけとって夜おそく私たちはふたたびこの寺へたどりついた。八月十五日の夜である。気がつくとあたりは死のような静けさである。きのうまでのドカンドカン、バリバリと狂気のような大砲の咆哮《ほうこう》も、ドッドッドッドッドという絶え間のない重機の唸りも嘘のように聞えない。雨季の最中だから雨の音がやかましかったはずで、現に下帯までぐっしょりぬれ、それをたき火でかわかしながら砲声をつかもうとして耳をかたむけた記憶ははっきりある。しかし雨の音はまったく聞えず、静まりかえっていたという思い出しかない。おそらく私たちにとって雨の音は安全の印《しるし》であり、ないに等しいものだったからかもしれない。銃砲声の聞えぬ夜というものは何とこのような静かなものだったのか。情報は本当だったのだ。戦争はたしかに終ったのだ。

しかし私たちの心は昨日よりも急に重くなった。無条件降伏という意味が重くのしかかってきたのだ。私たちは降伏する。武装解除、捕虜、収容所、それまではたしかだ。それからどうなる。敵兵の復讐や私刑にあうかもしれない。強制労働は間違いない。私たちがビルマへ輸送されるとき見たやつれはてた英軍捕虜の姿が目に浮かぶ。おとろえきったこの身体で、銃剣で追いまわされる労働にたえることができるだろうか。うまくゆけば日本へ帰れるかもしれないが、帰れる日本があるだろうか。

私はこの春見たマンダレー市の廃墟を思い出していた。京都に似たこの市は王城の城壁が残り、堀の水は青く澄んでいて、私たちはそこで飯盒《はんごう》炊さんをやった。しかしもと人口数十万といわれた町は文字どおり潰滅し、見わたすかぎり瓦礫の原野と化していた。日本のように焼夷弾による破壊でなく、爆弾によるものだから、煉瓦建てもコンクリートのビルも何一つ残っていない。焼けただれたタイプライターが瓦礫のなかに残っていたのを見て、この堀ばたの商社に毎日通ったであろう若いビルマ女性の姿を思い浮かべたりしたのだが、日本もあのとおりだとしたら、木と紙でできた日本の都市などあとかたもないだろう。父母なども生きていたとしても、どこにどうしているかわからないかもしれない。そう思うと、いままでのような絶望そのものの暗さではないが、こうしてはいられないという焦躁感の加わったなんともいえぬ不快な不安が新しく心をしめはじめた。

いまから考えると、このとき芽生えた、こんなことをしていられないという焦りは、捕虜生活中ますます激しくなっていったようである。

その後二、三日して、雨の小降りのすきに連隊長代理から訓示があった。数十人の兵隊を前に、彼は言いにくそうに終戦のことを告げた。

「陛下の御意志で、日本は連合国側と停戦した。ビルマにおいてわが軍は一時的に悲境に立ったが、ようやく反撃体勢をととのえつつある。全般的には仏印やインドネシアをはじめまだ広大な占領地を維持しえている。この状況のもとでの停戦は、われわれの想像以上に有利な条件でなされたことと信ずる。諸氏も大御心を思い、軽挙妄動することなく、冷静に命令にもとずいて行動せよ」というのがその趣旨であった。「さだめし有利な条件で」という言葉が私の耳にこびりついている。兵隊たちのなかには、「なに言ってやがんのや、無条件降伏やないか」というような声も聞えたが、ポツダム宣言を知らなかった私はこれを聞いて、何かすこしの緩和策を敵側がうちだしてきたのかもしれないと、僥倖をたのみにしていたのである。私のような頼りない兵隊でも、そしてここまでたたきつけられながらも、日本が無条件降伏するなんてことはやはりありえないという気がしていたのであろう。

ともかく兵隊たちはみんな弱った。どうしたらよいのか、どうなるのかわからないのである。ジャングル兵舎へ帰って横になりながらいろいろと語り合ったが、もっと戦おうというものは一人もなかったと記憶している。どうもあまり上等の兵隊ではなくて申しわけないが、しかしそれも当然だった。みんなマラリヤを持ち、定期的な熱発（陸軍はよくこんな反対な熟語を使う）に苦しんでいる。疥癬《かいせん》というひどい皮膚病にかかっている。現に私もそれにやられ、左手などどこでもおさえると、指先や指のまたや、おさえたところとちがう数ヵ所からぬるぬるとチューブ入り歯みがきのようにウミが出てくる仕組みになっている。かゆいのか、いたいのか、知覚に麻痺がきていてよくわからない。アミーバ赤痢にかかっているものも多い。水虫もひどい。こぶしがすっぽり入るほどの穴が臀部にあいている人もいる。うじがそこにわいているのだ。靴もない。米だけはビルマ人が村に残して逃げてしまったので、一ヵ月や二ヵ月は何とかなるが、肝心の武器弾薬がまったくない。小銃さえ持たない兵士が多いのである。

戦後の犠牲

不安な十数日はこうして過ぎていった。そのあいだ私たちは二、三度補給品をもらいにやらされた。

日本陸軍の主計部ほど奇妙な官僚主義にとらわれた組織も珍らしい。糧秣廠も、被服廠も「集積」するためにあるので、「支給」する場所ではなさそうだ。支給してしまうといかにも係が能力がないように見え、司令部からしかられる。そういう根性であろう。私たちの靴がなくなろうが、衣類がボロボロになろうが、めったに支給してくれなかった。そしてその集積品は多くの場合、敵の砲火で灰になってしまうのであった。

私の場合でいうと、二年間のビルマ戦線生活で、何かを配給されたのは、ごくはじめの昭和十九年夏以前をのぞくと一切なかった。食糧は全部徴発、つまり掠奪したり物々交換したりした。シャツ、靴、飯盒、水筒、地下足袋、小銃、帯皮、天幕、背嚢、みなボロボロで使えなくなってしまった。いま持っているものは、すべて前線でひろったり、戦死者のものをみなで分けあったりしたものばかりである。それが終戦のいまとなって支給するというのである。靴などどうしていまごろ支給するのだろう。すこしまえに分けてくれれば死なずにすんだ男もいたのだ。

ともかく私たちは、かなり大勢で靴や石鹼などをとりに行くことになった。うけとり終って、途中の例の寺への帰途のことである。数日つづいたはげしい雨で寺の前の川に架してあった仮橋が流れていた。工兵隊が懸命の復旧作業をやっているが今日はどうにもならないらしい。修繕が終るまで管理の工兵隊が鋼線を対岸にわたし、それにつかまって一歩一歩徒渉することになっていた。川はすさまじい勢いで流れているが、いちばん深いところで胸くらいまでの深さなので、一人一人なら渡れないでもない。まず小荷物をかついだ古年兵からわたり出す。

川にはときどき家屋の破片や大きい丸木などが流れてくる。上流の部落が洪水にあったのに相違ない。当れば当然生命はない。朝も犠牲者が出ているという。急に一隻の丸木船が五、六人のビルマの男女をのせて矢のように上流から下ってきた。この戦場のどこにひそんでいたのだろう。みな狂気のようにわめいている。たすけてくれとでもいうのか。うつなうつなと叫んでいるのか。この早さではかじも何もとれまい。この激流では転覆するにきまっている。しかしどうすることもできない。あっと思う間に船は濁流の向うに消えてしまった。これでちょっとあっけにとられて作業は中絶したがまもなく再開。今度はいよいよ大きい靴の袋、つまり靴六十足ほどを天幕でつつんで肩がけした、初年兵たちのわたる番である。

私たちは何か不安を感じた。雨脚はややにぶったが、見ている間にも水かさはましてきている。あの舟の早さが水力の容易ならぬことを私たちの目にやきつけた。しかし不可能ではあるまい。誰がいちばん先になるか。木にもたれていた私は立とうとして身うごきしかけた。早く行って雨のあたらぬ寺で、マラリヤの熱でも出て来たかぞくぞくしてきた身を、あたたかいたき火で乾かしたいという気持からである。

その瞬間、うとうとと居眠っていた初年兵の吉村が急に立ち上った。和歌山の高商を出たという快活な青年で、いまでは中隊がちがうが、入隊期は同班で苦労をともにし、この使役で一年ぶりに会ったもっとも親しかった同期生である。会ったとき「君に読ましたい本を持ってるんだ。帰ったらたずねて行くよ」とうれしそうに言っていた。うとうとしていていまの船を見なかったのであろうか。

吉村は無頓着にザブリと河のなかにふみこんだ。私の目の前に立っていた輸送隊長の若いI中尉は、ふっとなにか言いたげな表情になったが、言葉にならなかった。おそらく彼は危険を予感してちょっと待てといいかけたのにちがいない。しかしつかれきっている小人数の工兵隊に、何とかもっと処置してくれと説得するのは気苦労なことである。それにきっと大丈夫だろうという気安めもあったろう。I中尉は何も言わなかった。そしてこの瞬間が終戦後の貴重な一兵士の死を決定したのである。

工兵たちも不安気な表情で、「水がきついからしっかりつかまって行けよ」と口ぐちにはげました。やや無造作に、しかし確実に十歩ほど前進した吉村は急にうごかなくなった。川はそのあたりで急に深くなっているらしく、乳のところまで濁流がうずまいている。背中の天幕に水が入り風船のようにふくらんでいる。うごけないのだ。ほんのしばし吉村は必死に鋼線をにぎって水圧をこらえたが、あっというまに足が浮いてあお向けになった。そのとき私たちをじっと見た目はいまも忘れられない。それは声にもならず、懸命に救いを求める絶望的な目であった。

全員の顔色が変った。

「しっかりせい」

「手をはなすな」

「天幕をはずせ」

「待ってろ」

河岸にいた二、三の工兵は鋼線づたいに急いで救いによろうとしたが、そう早くはうごけない。四、五秒のことである。私たちは天幕をしっかりと背負っていた。その結び目をとく間もない。つぎの瞬間、吉村の手がはなれ、水中に没してしまった。十数メートル向うでもんどりうったその足がちらと空中に見えたきりである。誰もが声をのんで顔を見合わせた。

これでは誰もわたれない。すぐ工兵はもう一本の鋼線を対岸にわたし、いかだをくんで荷物をその上にのせ、われわれはそのいかだにすがってわたることになった。

二時間以上おくれ、やっと全員が寺についたときは、もうまっ暗になっていた。先着のM班長が「どうした、どうした」と心配している。M班長は石鹸箱をかついで先にわたったのである。この人のよい班長は、私たちがいつまでもやって来ないので、心配のあまり何度も寺と河の間を往復し、その間、食事の準備もしていてくれたのである。配給になった粉みそと砂糖で、牛の肉とバナナの葉の芯《しん》とが甘くたき合わせてある。骨の髄まで冷えこんだ私たちには、腹にしみ入るほどのうまさである。

私たちの傍でI中尉が暗い顔をして鉛筆をにぎっている。彼の前には食事はない。吉村が当番兵だったので誰も準備をしなかったのかもしれない。「いっしょに食べられませんか」と言うと「ありがとう」と答え、私に「報告書だが」と言って紙片をわたした。軍隊式の紋切り型だが、すまないという気持があふれているよい文章であった。

兵隊たちはもう衣類をかわかして元気にはしゃいでいる。死んだ人間のことをおもうより、今度もまた、自分は助かった、という喜びの方がはるかに強いのである。戦闘のあとはいつもそうであった。もっとも親しい友を失った私でもおなじことである。なんとかならなかったものだろうか、という悔いはいまでも強いが、そういう気になったのはもっと後のことである。

この吉村との因縁は、帰還後さらにわびしい後日物語がある。

彼の軍隊手帳や何かのささやかな遺品を同年兵の一人が持って帰って、最も親しかった私と二人で彼の洛北下鴨の留守宅を訪問した。そこには、吉村のお母さんと兄さんが住んでいるはずであった。私たちは気にしていた。おそらく公報は戦死として入っているだろうから、お母さんに戦死の状況を聞かれたらどうしようかと。私たちは、ウソで申しわけないが終戦直前弾薬輸送中に河中で敵弾のため死んだことにしようと語り合っていた。お母さんに会って話したい。でも会って泣かれたらつらいという変な気持であった。

さがしあてたその家には兄さんがつとめに出て嫂さんだけがいたが、あいにくその人は泥棒が二階の窓から入りかけているのを見つけたと言って大騒ぎしているところであった。吉村の出征中結婚して吉村と面識ないらしいこの若い人妻は、集まって来た近所の人に昂奮した大声で自分の発見をしゃべっていて、私たちが来意をつげても、ほとんど耳に入らぬ様子である。お母さんは戦時中になくなったらしい。

とりあってもらえぬ私たちは、なにかお聞きになりたいことでもありましたらと、名刺をおいて帰ったが、それきりハガキ一本の音沙汰もない。

死の直前、吉村は明らかに私を見つめたが、私は何かわけのわからぬことを叫んだ以外なにもしてやれなかった。しかも留守宅もこんなありさまである。この調子では墓も位牌もないだろう。せめてここに一筆しるして、おわびと思い出にしたい。

兵隊たちはシナ事変の経験から、ながく留守にしていると故郷へ帰っても「すわる所がなくなっている」ことを気にしていた。その淋しい哲学はこうである。

「自分が死んでも、悲しがるのはお袋だけ。親父と女房や子どもは悲しがってくれるかもしれない。兄弟になるとよろこびがはいってくる。それ以外は絶対によろこびよる」

アーロン収容所へ

話をもとへもどそう。終戦後十日ぐらいたつと最前線にいた各中隊もみなひきあげて来て、連隊本部の近くに仮小屋をつくった。

雨は絶え間なくふりつづいて身心ともにくさってしまいそうである。連隊司令部の方は軍旗を焼いたり、書類を整理したりしていそがしそうだったが、戦闘部隊の方はひまで、ときどき三キロほど先にある畑の砂糖きびをとりにやらされるくらいであった。

そのうち、八月の下旬だったか九月に入ってからだったか忘れたが、後方へ集結命令がでた。私は使役に出て足に火傷し、仮小屋で滞在していたらM班長がやって来て、その旨伝えてくれた。見れば自分の背嚢の上に私のをもう一つのせている。もう移動を開始したから使役に出たついでに持って来てやったというのである。二十キロほどある重いものを、いつもながらの親切には感激のほかはない。背嚢には、新しいタオルやシャツ、米、塩、石鹸などが入っている。戦闘中これを失うと生命にかかわるほどのものだ。ビルマ人はタオルや石鹸と米を代えてくれたからである。

M班長とともに中隊に合流する。雨季はやや終りに近く、ときどき青空が見えるかと思うと急にはげしい雨がふる。もう民家にとまることはできない。ボロボロになった天幕で夜営する。やっとジャングル地帯をぬけて街道に出た。どこへ行くのか私たちにはわからない。

英軍にはじめて会う。ビルマ人も見ている。百鬼夜行のような私たちをみな珍らしそうにジロジロ見ていて、穴にも入りたいような屈辱感を覚えるが、相手側はなんの感慨も敵意もなさそうである。ビルマ人も戦争中と変った態度を見せない。笑いかけたり手をふったりしている。まだ武装はしているのだからふと戦争中のような錯覚にとらわれた。もっとも戦争中は、昼間堂々と街道を歩くなどということはできなかったのだけれど。

やがて私たちはラングーン北東方の操車場に入れられた。別にかこいはしていない。英軍の看視兵《サントリ》がいるだけだ。ここで天幕を張って露営、雨のなかを銃剣で除草をやらされた。一日働くといままで丈余の雑草に被われて原野としか見えなかったのが操車場だとわかった。雨もりでずぶぬれになり、ろくろく眠れないのでマラリヤの熱発するものが続出する。

ビルマ人はここには入って来てはいけないらしいのだが、イギリス兵の看視のすきまをぬっていろいろの男女が、モウ(もち菓子)などを売りに来る。看視兵《サントリ》がその方を見るとパッと物かげにかくれ、また走って近づく。まるで敵軍が攻撃して来るみたいだ。私たちのたまりへ来ると、息をせいせいさせながら安心だとばかり笑って見せる。こちらがかえってひやひやする。来るなら来るで赤い腰巻《ロンジ》などしてこなければよいのに。手まね足まねをまじえていろいろ聞いてみる。英軍はビルマ人からなにも買わないので困ると言う。

「なぜ戦争をやめた。もう一度やって、あいつらを追い出せ」

などと言う男がいるのには閉口した。もっとも日本軍発行の軍票はもう通用しない。なかにはそれを持って来て、なにか売れというものもある。その言い分が可愛らしい。

「私たちにはもう役にたたないが、あんた方は日本へ帰ったらまだ使えるだろうから、タオルかなにか売ってくれ」

というのである。海岸に近く、かなり水準が高いといわれるこの辺りのビルマ人でもこの調子であった。終戦直後、敗戦を知ってやけになり、貯蔵品を売りとばして酒や食糧に代え騒いでいた主計連中のところへビルマの村長や顔役が、「戦争に勝たれたそうでおめでたい」と鶏などを持参して挨拶に来たという話もウソではなさそうである。

そのうち英軍から武器を提出せよとの命令が出た。最後を飾るためということで、私たちはとっておきの油をつかって手入れをした。「日本の軍人は武器を魂として命よりも大切にしていたことをここで証明して見せるのだ」連隊本部の若い士官は、懸命な調子でそう言った。英軍も軍人だからこういうときにこそわれわれの心がけを検査するというのである。それぐらい知っているなら銃剣で草刈りなんかやらせはしないだろうと思ってみたが仕方がない。手入れをするうち、いつのまにか本能にもどって夢中で磨いた。軽機も美しく輝いている。ボロボロの衣服などのそばにあると寸分もいたんでいないその機械美が、驚くばかりの美しさを発揮する。いざお別れというと、頬ずりしたいほどのなつかしさであった。

しかし事は私たちの思うようにはならなかった。士官たちは引渡し式でもおこなわれると思い緊張して待っていた。しかしうけとりに来たイギリス将校はまったく事務的であった。「これで全部か」とたずね、「そうだ」と答えると、縄でそれらを束ねさせ、われわれにそれをはこべと言った。河岸か海岸か古い桟橋が入江のところにつき出ている。舟にでものせるのかと思ったらその先のところでここから海へ放りこめと言う。全部放りこみ終ると「オーケ、帰れ」それでおしまいである。

考えてみればそれは当然のことで、このいそがしいときに英軍が武器の引渡し式というようなわずらわしい行事を考えつくはずがなかった。儀礼好きなわれわれもおいおいそれになれてゆくだろう。事実私たちはその後二年間、一度も儀礼らしいことをさせられなかった。捕虜の閲兵などはもちろんなかった。捕虜を整列させてみたところで、得られるものは自分のくだらぬ優越感の満足でしかない。それくらいならなにか作業させた方がずっとよいというのが、イギリスを支えている実利主義であるということを知るのはもっと後のことである。すぐそこを出発した。途中で何度も緊急輸送をやっている英軍部隊に会っては使役される。包みがくずれてバラバラになった鑵詰などをとり扱う。飢えた目には光りを放つようで思わずドキリとしたが、さすがに手が出なかった。「あのときは惜しかったなあ」など笑いあったのは、これも捕虜生活に馴れて図々しくなってから後のことである。盗まなかったのは幸いで、もしやって見つかったりしたら、昂奮しているイギリス兵のこと、あるいは射殺されていたかもしれない。

そのうちいよいよ捕虜収容所の前に出た。どうもその位置ははっきりしないが、ペグー北方の山脚地帯のようである。

鉄条網でかこまれた広い地域のなかに、屋根だけしゅろの葉でふいた壁も床もない長く低い掘立小屋が幾棟もずっと並んでいる。周辺には屋根をのせた木組の高い鳥の巣のような物見台があり、グルカ兵（ネパールの山岳民族からなる兵隊）が自動小銃を持って看視している。
看視兵《サントリ》にはこのグルカが当っているものらしい。彼らの天幕の兵舎があちこちに見える。戦闘中の敵歩兵の主力は彼らだった。さんざん悩まされた相手に終戦後はじめてお目にかかる。英軍など戦闘中見たことはないからあまり対面ばえがしなかったが、グルカ兵に出会ったときはまったくギクリとした。決戦場へもう一度つれだされたような妙な感じである。

ここで所持品を検査された。一人一人イギリス兵の前に行って背嚢をあけるのである。若いイギリス兵が、きもち悪そうに背嚢のなかのものをとりだす。それはそうだろう。私たちはシラミだらけで、しかもアカでまっ黒だ。背嚢のなかは米が半分ほど、何もかもに白くその粉がついている。やぶれてはいないが洗いざらしのシャツ、タオル、これだけは残しておいた真新のふんどし、こわれた腕時計、書けるがインクのない万年筆、石鹸箱（大切にしていたラックス石鹸は一度さっぱりしてみたいと思って使ってしまった）、さびた針と糸、便所紙代用のビルマ新聞、それに象牙の箸と黒檀の箸入れとウルシ塗りのタバコ入れ（これは日本軍のタバコと引きかえにシャン高原のカチン族からもらったものである）等々。いずれも無事パス。ただ大切にしていた一尺ほどのビルマの小刀《ダー》は「オー、デンジャラス」とかつぶやかれて没収されてしまった。

この検査役にはイギリス兵とインド兵がまじりあって並んで立っていた。みなインド兵の方へ殺到する。くみし易しとみたからである。イギリス兵がこちらへ来いと手まねきするが、だれもなかなか行こうとはしない。だがそれは失敗だった。インド兵の検査にあった連中は、金目のものは全部とられてしまったのである。イギリス兵は白銅貨や銀貨、刃物以外は一切とりあげなかった。これは見事だと思う。

検査が終ると今度は噴霧機でDDTをいっぱいふりかけられた。なんだか家畜のようだが、これはむしろよい気持である。それがすむと園遊会の受付みたいなところへ行って英語の試験。どこで生まれたか、中学校は出たか、なんという学校だなどと聞く。答えると今度はうつむいて小さな声でなんとか言う。わからない。駄目である。「ちょっぴり英語が話せる《スピーキング・イングリッシュ・エレメンタリ》」と書いた紙片をわたされる。そしていきなり日本語で試験官が言った。

「これを胸につけておいてください。これからは英語が話せると便利チョウホウです」

それが英軍にとって重宝であるという意味であったことは、あとでいやというほど思い知らされたのだが、それはとにかく、このときは驚いた。〝チョウホウ〟以外は見事な日本語だったのである。兵隊が大声で悪口を言っていたのはみな聞えていたにちがいない。ヒヤリとする。まったく油断がならない。

日のくれるころ宿舎がきめられて横たわる。ぐったりつかれる。朝から食事をしていない。英軍からはずっとなんの支給もない。どうして日本軍は後方に集積してあった米を分配しなかったのか、「命」によって全部英軍にひきわたしたのである。私は主計たちがこう話しているのをここへ来る途中で聞いた。

「米を配給しなくてよかったですよ。英軍から貯えた食糧があったら供出せよ、ビルマの難民に分配するのだといってきましたから。私たちの方はまだあったからよかったですが、菊（師団）か何かは兵隊に分けてしまっていたので、英軍からひどくパッチをはかされた（叱られたの意）そうです」

「それはよかった。お役にたって」

お役にたつとはビルマの難民に対してではなく英軍に対してである。捕虜になって二年間、こういう連中のおかげでずいぶんしなくてよい苦労をさせられた。私たち兵隊は忠節であったことはたしかだ。なんのためにという自覚は十分ではなかったが、ただその忠節をつくす対象を変えることには不器用で不得手なものが多かった。しかし主人が変ると、なんのためらいもなくその瞬間から新しい主人に忠節をつくすことができるものもまた多かった。いくらでも例を挙げられるが、つまらなすぎて書く気がしない。とにかく、この転換のあざやかさに日本人の特質があると思われるほどである。そういうときひどい目にあうのは、ぼんやりしていて、しかもわりあい正直で、あまりあざやかなことができぬ人間である。もともとそういう鈍重なのは将校や下士官より兵隊に多い。そういう人はほとんど死んでしまった。

終戦まで生き残ったものは運がよかったものもいるが、ずるいのもすくなくない。すくなくとも私はそうである。なんとはなしに召集され、逃げかくれも、さぼることも下手で、黙って死んでいった多くの人びと、そういう人びとにたいして私は心の底からはずかしい気がする。

ともかく私たちは食糧がなかった。みんな持っている米を供出したが、たちまち尽きてしまった。やっと英軍から食糧が支給されたが、それは米の粉だけであった。米にして一日一合にたりない。飢《ひも》じくてほとんど夜はねむれない。張りをなくしたせいか、病人や衰弱した人間はポツリポツリと死んでいった。私の中隊では犠牲者はなかったが、ときどきこういう死人の墓穴掘りをやらされた。シャベルをとる手も飢えでふるえる。私は中世末のヨーロッパの黒死病《ペスト》大流行のとき、看病するものも葬るものもいなくなって病人が自分で自分の墓穴を掘り、その穴に倒れこんで死んでいったということを思いだした。

「おれの穴を掘っているのやないやろうな」

誰かが冗談を言った。同じ考えだったのだろう。

「こうして働けん奴殺しといて、残った丈夫で働ける奴だけ使うのとちがうか」

とK兵長は言った。そこまで英軍は考えていたかどうか。しかし結果はそういうことになった。

二週間以上たった。やや食糧もふえた。やはり米の粉だが、一日一合半ぐらいのものだろうか。しかし副食物がないのでどうにもならない。

私たちは自活用のたきぎとりや便所づくりをやらされた。一尺ぐらいの穴を掘っていた旧日本軍とちがって、それは見事な便所であった。思いきり深い穴を掘り、その土を高くつみあげ、その上にコールタール布をかぶせ、それに多くの穴をあけてそこに用便する。その穴の上にまた布でふたをする。DDTがまかれて蠅の姿は見られなくなった。ごみはすぐ焼却してしまう。「やっぱりイングリやな」と兵隊たちは感心した。

雨季はようやく去り、カーッと暑くなってきた。作業の合間には私たちはシラミをとった。とってもとってもシラミは絶えない。衣類の合わせ目にはぎっしりと、シラミとその卵がならんでいる。夜ねむれないのは飢《ひも》じさとこのかゆさのためであった。

このペグー付近の収容所は、屋根もひどくお粗末なもので、雨季末期の夕立がふるとザアザア洩る始末であった。便所だけが不釣合に立派だった。作業も自活のためのまき集めや便所や炊事場の構築が主であった。供給食糧は問題にならぬ少量だった。

しかし私たちは、こういうことから、かえってできる限り早く帰してくれるだろうと空想していた。兵隊たちには、まことしやかな風説が伝わっていたのである。内地では激戦地で犠牲の多い部隊ほど早く帰すと言っているそうだ。ビルマは最激戦地の一つである。私たち

第一線部隊は十分の一以下に減っている。「クリスマスまでには帰れるだろう。おそくとも来年一、二月には帰れるだろう。このままではみな飢え死んでしまう。いくら内地でもわれわれが飢死するのをほっておかないだろう」と。私たちはこの風説に必死にすがりついていたようである。

そのうち、とうとう移動命令が出た。乗車の都合でこまかい単位の部隊編成がおこなわれた。レーション一箱が配給された。私たちの収容所は故郷に向かうのだという歓声でうずまった。仮設の舞台では、これも臨時の俳優団の手で「さらばビルマよ、ラングーンよ」という漫才とも踊りともつかぬ芝居が披露された。ひさしぶりで笑うことができた兵隊は、飢えも心配もふきとんだように幸福になった。故国へ、二年ぶりで、中国から転送されたものは四年、五年、七年ぶりで内地へ帰るのだ。そうなれば数知れぬ戦友の生命をのんだこの瘴《しょう》癘《れい》の地もかえってなつかしい。

私たちはよろこびと希望をもって貨車に乗せられた。一時間ほどしてラングーンへ、イラワジの大河が目にせまる。途中でおりて長い長い行軍がはじまった。やがて町はずれの古い波止場らしい広場についた。「われわれの乗る船は」目を皿のようにして見まわすが、そんなものはどこにもありはしない。鉄条網にかこまれた広場には、やや本格的な細長い小屋が多くたてられている。続々建設中である。天幕兵舎も多く見える。私たちはそのなかに入れられた。それでも私たちは未だ事態がのみこめず、ここはビルマ各部隊の集結所であろう、船が来るまで待つのだろう、とささやきあっていた。

しかし、やがてここが私たちにとって終生忘れることのできない場所となるのだ。「ビルマ・ラングーン地区アーロン日本降伏軍人収容所」これがその名である。道の向うは、塵埃糞尿集積所。熱風に蒸されたすざまじい悪臭と蠅の大群がすぐわれわれにおそいかかる。私たちの本格的な捕虜生活はこうして開始されたのである。明確な日付はもう記憶にはない。たしか昭和二十年十一月初めのことである。

捕虜生活に入る

こうして、いよいよ本格的な捕虜生活に移るわけであるが、ここで捕虜生活の待遇や作業など全般の様子を説明しておこう。まとめて概略を書いてしまうと、平凡な生活だったように思われるかもしれないが、しかし後の章でのべる話は、私個人が見聞した実際の経験を中心にしているので、全体的なことが読者にわかりにくいと思うからである。

戦後、ビルマ各部隊は、その師団や旅団という大きい部隊を単位としてモールメン、ラングーン、ペグーなど各地に分かれて収容され、労役に服させられたのだが、おたがいに他の部隊の様子ははっきりわからなかった。ラングーンは、アーロンとコカインの両収容所に、それぞれ「安」師団と「菊」師団が入っており、その他何部隊だったか忘れたが、ミンガラドン飛行場にも収容所があり、その他の兵隊とはときどき作業場で顔を合わせた。軍医として召集され内地の部隊で一度会ったきりの学校友だちとバッタリ出会ったときの驚きなどいまだに忘れられない。戦争中に捕虜になった者は私たちとは完全に隔離され、戦犯者とともにラングーン市のチャンギーの監獄に入っていたようである。

そのうち二十一年夏、「菊」師団はひと足先に帰還し、私たちは「菊」師団の入っていたコカイン収容所《キャンプ》に移った。これから、アーロン収容所《キャンプ》、コカイン収容所《キャンプ》などという言葉が、ときどきでてくるのに読者はやがて気がつかれるだろう。これらの収容所は広さは七、八千坪、いやもっとあったかもしれない。いずれも土に柱をつきさし、屋根に葉っぱをのせ、周辺をアンペラでかこっただけの細長い小屋がその住居であった。

床はもちろんなく、ドンゴロス(麻袋)などをひいてねた。中央に三尺ぐらいの通路があり、その両側一間半ぐらいの空間にめざしのように並んで寝るのである。英軍からの支給は、ボロボロの衣服と寝具――蚊帳は一人づりの新品、雨合羽も割合よいもの、この二つの支給が例外である――と食糧以外にはなんの支給もなく、食器、床材料、タバコその他はみな自給した。〝自給〟とは英軍の倉庫などから調達してくること、つまり泥棒のことである。

作業は、食糧・衣類の運搬整理、自動車その他工場や物資集積地の雑役、英軍兵舎の掃除

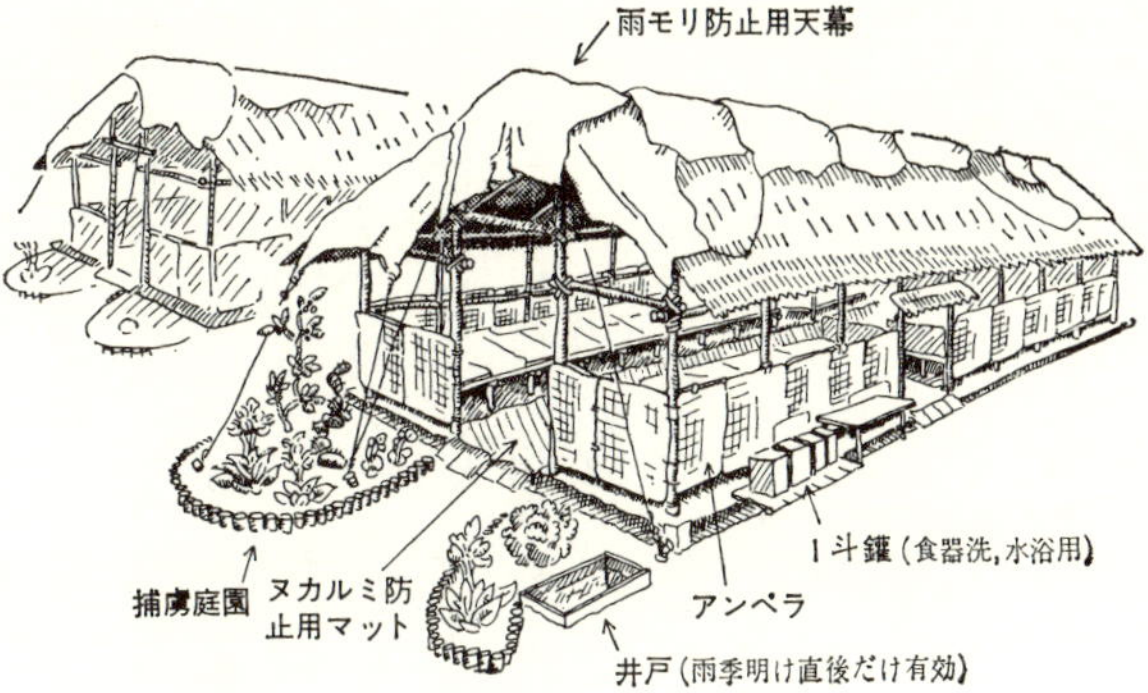

乾季の捕虜宿舎（著者のスケッチ）

や建設というような英印軍を対象としたものと、戦禍に荒れたラングーン市の清掃復興作業、ラングーン民間事業会社の労働などがあった。ビルマ各部隊の待遇や使役は、収容所ごとにいろいろ差異があったようである。もっとも、好遇されたという話はどこの収容所でもあまり聞いたことはない。英軍では捕虜の待遇などについては、その地区の司令官や所長の自由裁量にまかせる点が多かったのであろう。その人柄如何で大きな差があったようである。

ともかくラングーン地区の捕虜は一番ひどい目にあったらしい。大都市近郊で作業が多かったということもあろうが、とくに私たちのイギリス人収容所所長はみな教養も品格もないひどい男であったことが大きな原因である。インド人所長に代るまで、二人か三人交代したようであるが、ちょっと見ただけでムシズがはしるような奴らばかりだったと覚えている。

たしか一代目の収容所長だったと思うが、そのイギリス人中尉の唯一といってよい趣味は、ビルマ人売笑婦を何人も自分の居室に集め、全裸にしてながめたり、さすったり、ちょっとここでは書きにくいいろいろの動作をさせてたのしむことだった。「英国の教養」を信奉していた、英文学をやったとかいう学徒出身のO少尉は、そういう席に陪席させられるという大変な目に遭ったことを、私たちのところへやって来て話し、「乱世だ、乱世だ」と連発していた。乱世とはどういう意味かはっきりわからないが、ともかく、女性というものに真面目であったこの人には想像もできない状況らしかった。

作業はかなりの重労働だった。毎日、英軍から、明日はどこへ何名、どこへ何名と指定してくる。それを連隊単位に割りあて、中隊まで廻ってくる。中隊では、さらにそれを前夜、先任下士官が各人に割りあてる。作業場には、よしあしがあるので、作業は何日かずつに区切って連隊ごとに交代して割りあてられた。作業班には大体十人に一人ぐらいで将校がつき、大きい作業班にはその上に総指揮者がつく。

作業班は連隊に三十人ぐらい割りあてられることが多く、したがって中隊ごとに一、二人というふうにこまかく割りあてられているから、指揮者が縁の遠い部隊のものであるときがある。こまかいことだが、これがあとで問題を生むことになった。

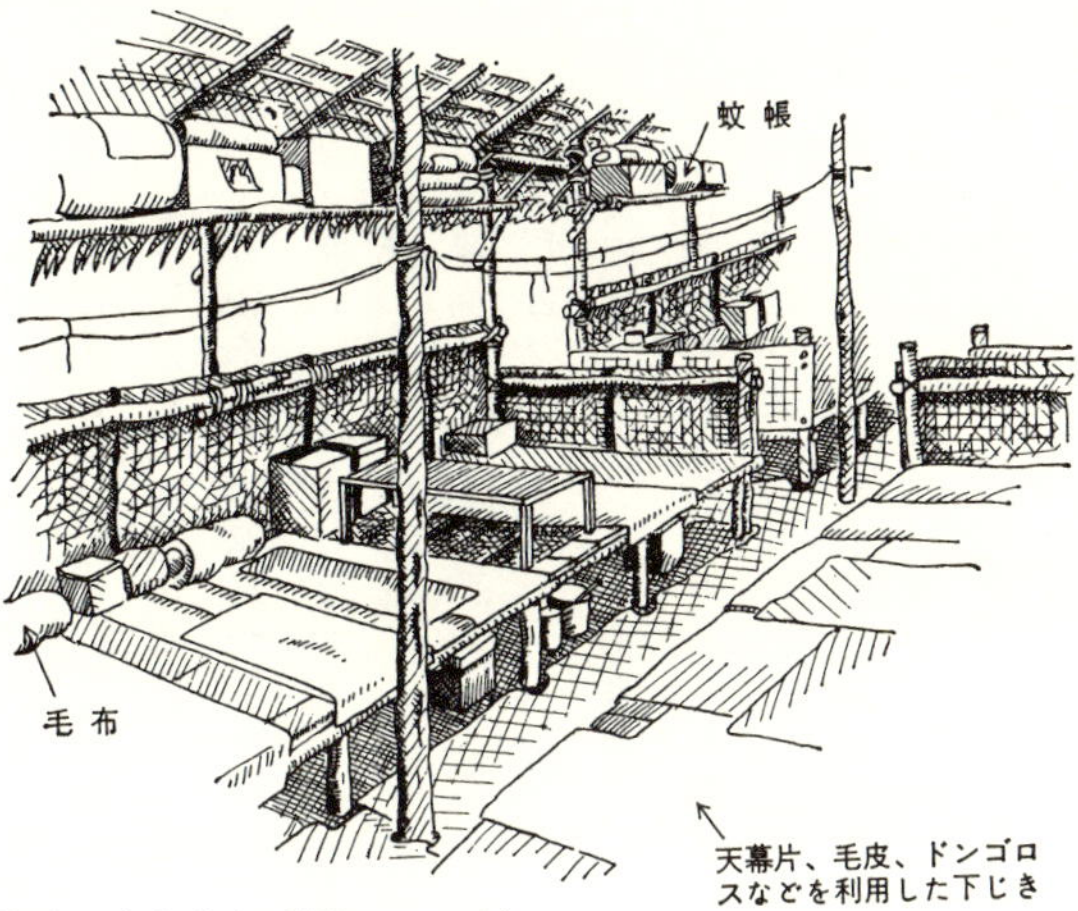

乾季の宿舎内部（著者のスケッチ）

作業ははじめのうちは嫌がらせか、報復の意味のものが主だった。それが二十一年の春ごろから、労働能率の方に重点が移り、食糧の量もふえた。とくに二十一年の秋ごろになるとイギリス人の本国への引揚げが目立ち、それとともに看視もゆるやかになり、私たちもすこし息をつくことができるようになったのである。

私たちの部隊は、まえにもふれたように、〝弱い〟といって評判が悪かった。私は病気ばかりして重要な戦闘にはほとんど参加していない。だから戦闘について述べるのは気がひけるのだが、都会育ちの私たちの師団が突然熱帯悪疫の地へやられたのだから、病人が続出し、したがって、ビルマ歴戦の先輩各師団にくらべてたしかに見劣りがしたことは否めない。

もちろん、いろいろ弁明はできる。最初の戦闘の戦果が示すように関西勢は、補給が十分だと「やってこましたれ」というわけで、損害をかえりみず強敵に体当りのようにぶつかってゆく。しかし、お粥《かゆ》しかすすれず、雨と悪疫のなかをがんばり通すというような辛棒には不得手のようである。応召兵で、子持ちの年配の人が多いというのも、よいときもあるが、体力気力的には「現役師団」にはかなわないであろう。しかも、兵隊の間に兵役期間や年齢での差異があったことは統率上の大きな弱点になったことだろう。また都会地出身の兵として、日本の戦争目的や勝利に対する不安感を、かなり深刻に持つものが多かったことも、戦闘には不利であった。

しかし、職業、年齢、社会的地位などの点で千差万別の兵隊たちであったことが、捕虜生活に複雑な影と多彩な色どりをもたらしたことも事実であった。演劇、音楽、スポーツはもちろん、各種の作業、変ったところでは船大工から着物の縫い子、表具師、結髪師なども、人数を揃えることができた。旧劇の芝居の看板文字だけを専門に書く人だっていたのである。バレーの振付けの専門家だってもちろんいた。

捕虜時代の後半になって、こういう人たちはその専門能力をフルに発揮しはじめた。こうなると、なんにもできないインテリはあわれである。私などはただ「あれよ、あれよ」と驚くことばかりであった。私たちの部隊が、特殊な戦犯容疑の部隊は例外として、一番あとまでとめておかれたのは、その作業能力を買われたからかもしれない。おかげで二年ちかく、ずいぶんひどい目にあわされてしまった。

終戦のときは、前途は不安だったが、こういう状態になるとは思わなかった。どんなことになるのだろう、悪くすると内地の刑務所のようなことになるぞと思いはしたが、まったく見当がつかなかった。はたしてえらいことになった。なにからなにまで、まったく思いがけない経験であった。いまから考えると、一番働かされたのは、中国やアメリカやソ連でなどより、このビルマの、しかも私たちの部隊ではなかろうかという気がする。もっともひどい待遇をうけたというのではない。しかし、もっともはげしく能率的に働かされ、しぼりあげられたような気がする。

強制労働の日々

女兵舎の掃除

英軍兵舎の掃除というのは、いちばんイヤな作業である。もっとも激しい屈辱感をあたえられるのは、こういう作業のときだからである。

兵舎の新設や水道、電気の設営などの労働は、掃除にくらべるとはるかに苛酷ではあるが、しかし実はその方が、掃除や洗濯などの雑用より気が楽なのだ。

この雑用は、たとえば掃除にしてみても、便所掃除やゴミ捨場の片づけなど、いちばんひとのイヤがるところを、いちばん下等な監督者をつけてやらされるのがふつうだからである。便所につまった糞を手で掃除させるぐらい朝飯前であった。抗議めいたことを言ったある将校は、イギリス人から「日本軍はシンガポールでイギリス人捕虜に市の糞尿くみとりをやらせたじゃないか。その仕返しだ」と一喝された。「目には目、歯には歯」ということがイギリスのやり方の鉄則である。それは捕虜中の実物教訓でいやというほど悟らされた。抗議に対する答えはほとんど「日本軍がやったことだ」であった。

その日は英軍の女兵舎の掃除であった。看護婦だとかPX関係の女兵士のいるカマボコ兵舎は、別に垣をめぐらせた一棟をしめている。ひどく〝程度の悪い〟女たちが揃っているので、ここの仕事は鬼門中の鬼門なのだが、割当だから何とも仕方がない。一ヵ月に一、二回はこの役目にあたるのである。

彼女たちの使役はじつに不愉快である。どういう仕事をせよというようなことは、係の男の下士官から聞かされ、直接女たちの命令はうけない。しかし彼女らのなかには、じつに意地悪く監視しているものが、きっと一人か二人いる。ちょっと休んだり、しゃべったりすると、誰かがたちまち捕虜係に告げるらしく、電光石火と係が怒りに来る。女の前では威厳を示そうとするのが男の立て前なのはどの国でも同じこと、その結果、こちらの仕事はものすごくふえる。

それはとにかくとして、まずバケツと雑巾、ホウキ、チリトリなど一式を両手にぶらさげ女兵舎に入る。私たちが英軍兵舎に入るときは、たとえ便所であろうとノックの必要はない。これが第一いけない。私たちは英軍兵舎の掃除にノックの必要なしといわれたときはどういうことかわからず、日本兵はそこまで信頼されているのかとうぬぼれた。ところがそうではないのだ。ノックされるととんでもない恰好をしているときなど身仕度をしてから答えねばならない。捕虜やビルマ人にそんなことをする必要はないからだ。イギリス人は大小の用便中でも私たちが掃除しに入っても平気であった。

ドアをあけ、ていねいに一礼し、掃き、腹ばいになって床をふく。こういうとき、男であろうと女であろうと絶対にイギリス兵を注視してはいけない。とくに目をあわせるといけない。大層な剣幕でどなられる。私たちの目が鋭いとはよくビルマ人から言われたが、イギリス人にとってもおなじらしく、反抗心のあらわれと解釈されるらしいのである。

三十坪ぐらいの部屋を一時間ほどで片づけ、二棟で午前の仕事は終る。楽なものではないかといわれるだろう。しかしそうではないのである。女たちはすくなくとも非番の五、六人が残っている。残っているのがうるさい女だと窓ガラスもふかねばならない。洗濯や模様がえ、荷物運びをいいつけられる。

タバコをお礼にくれたりするものがあるので、かえってこの仕事を喜ぶ兵隊もいたが、私は大嫌いだった。なぜなら、タバコといっても一本か二本くれるだけなのだ。しかも、そのときサンクスなどいうことばは絶対に口にしない。もっとも私は捕虜の全期を通じ、たしかに私用だと思われる仕事をしたことがあっても、イギリス人からサンキューということばは一度も耳にしなかった。おそらくこのことばを聞いた兵隊はいないであろう。

しかも、タバコを手渡したりは絶対にしない。口も絶対にきかない。一本か二本を床の上に放って、あごで拾えとしゃくるだけである。もらわないと変にこじれて仕事が多くなると困る。しかたなしに拾うのだが、私の抵抗は、できるだけその女兵士の見ている前で、働きに来ているビルマ人かインド人の苦力《クーリー》たちにそれをやることである。「マスター、チェズテンマーレ（有難う）、マスター」とかれらは喜ぶ。マスターとよばれている私たちを見て、女どもは、不思議そうな不愉快そうな顔をする。せめてものうさばらしであった。

この女たちの仕事で癪にさわるもう一つのことがある。足で指図することだ。たとえばこの荷物を向うへ持って行けというときは、足でその荷物をけり、あごをしゃくる。よかったらうなずく、それだけなのである。

その日、私は部屋に入り掃除をしようとしておどろいた。一人の女が全裸で鏡の前に立って髪をすいていたからである。ドアの音にうしろをふりむいたが、日本兵であることを知るとそのまま何事もなかったようにまた髪をくしけずりはじめた。部屋には二、三の女がいて、寝台に横になりながら『ライフ』か何かを読んでいる。なんの変化もおこらない。私はそのまま部屋を掃除し、床をふいた。裸の女は髪をすき終ると下着をつけ、そのまま寝台に横になってタバコを吸いはじめた。

入って来たのがもし白人だったら、女たちはかなきり声をあげ大変な騒ぎになったことと思われる。しかし日本人だったので、彼女らはまったくその存在を無視していたのである。

このような経験は私だけではなかった。すこし前のこと、六中隊のN兵長の経験である。小男で敏捷で、きびきびとよく働く彼は、女たちのお気に入りだった。本職は建具屋で、ちょっとした修繕ならなんでもやってのけるその腕前は便利この上ない存在だったろう。イギリス兵は気に入ると「またつぎの日もこの男をよこしてくれ」と指定することがよくある。N兵長は女たちから特別に目をかけられ、私たちよりずっと多くこの作業をやらされた。「色男だからな」とからかわれて、彼はふくれながら通っていた。

気の毒に、この律義な、こわれたものがあると気になってしようがないこの職人さんは、頼まれたものはもちろん、頼まれないでも勝手に直さないと気がすまないのである。相手によって適当にサボるという芸当は、かれの性分に合わないのだ。

ところがある日、このN兵長がカンカンに怒って帰ってきた。洗濯をしていたら、女が自分のズロースをぬいで、これも洗えといってきたのだそうだ。

「ハダカできやがって、ポイとほって行きよるのや」

「ハダカって、まっぱだかか。うまいことやりよったな」

「タオルか何かまいてよったがまる見えや。けど、そんなことどうでもよい。犬にわたすみたいにムッとだまってほりこみやがって、しかもズロースや」

「そいで洗うたのか」

「洗ったるもんか。はしつまんで水につけて、そのまま干しといたわ。阿呆があとでタバコくれよった」

のみとかんな以外持ったことはないのを自慢のNさんは、洗濯さえもがこの上ない屈辱である。無念やるかたない表情であった。みんな笑ったり、怒ったりしながら、しかし、しきりに彼をうらやましがった。私も大変なまめかしい場面を想像したのだが、実際に自分が出会ってみればなまめかしいどころではない。N兵長と同じように「そんなことどうでもよい。向うの気が癪なのや」と叫びたくなったのである。下着を洗わせるということではない。その態度なのだ。ニコリとぐらいしてみてもよさそうだ。

もちろん、相手がビルマ人やインド人であってもおなじことだろう。そのくせイギリス兵には、はにかんだり、ニコニコしたりでむやみと愛嬌がよい。彼女たちからすれば、植民地人や有色人はあきらかに「人間」ではないのである。それは家畜にひとしいものだから、それに対し人間に対するような感覚を持つ必要はないのだ。どうしてもそうとしか思えない。

はじめてイギリス兵に接したころ、私たちはなんという尊大傲慢な人種だろうかとおどろいた。なぜこのようにむりに威張らねばならないのかと思ったのだが、それは間違いであった。かれらはむりに威張っているのではない。東洋人に対するかれらの絶対的な優越感は、まったく自然なもので、努力しているのではない。女兵士が私たちをつかうとき、足やあごで指図するのも、タバコをあたえるのに床に投げるのも、まったく自然な、ほんとうに空気を吸うようななだらかなやり方なのである。

私はそういうイギリス兵の態度にはげしい抵抗を感じたが、兵隊のなかには極度に反撥を感じるものと、まったく平気なものとの二つがあったようである。もっとも私自身はそのうちあまり気にならなくなった。だがおそろしいことに、そのときはビルマ人やインド人となじように、イギリス人はなにか別種の、特別の支配者であるような気分の支配する世界にとけこんでいたのである。そうなってから腹が立つのは、そういう気分になっている自分に気がついたときだけだったように思われる。

しかし、これは奇妙なことである。なぜ私たちは人間扱いにされないのか。しかも、なぜそのような雰囲気にならされてゆくのであろうか。もうすこし、いろいろの経験から考えてみる必要がありそうである。

乞食班、泥棒班……

朝五時、まだまっ暗だが、いちばん早い作業隊はこの頃起きなければならない。まず炊事場へ朝食をとりにゆく。ドラム鑵でたいた砂入りこげ飯と、乾燥ポテトとコンビーフの汁、

廃物利用のいろいろ（著者のスケッチ）

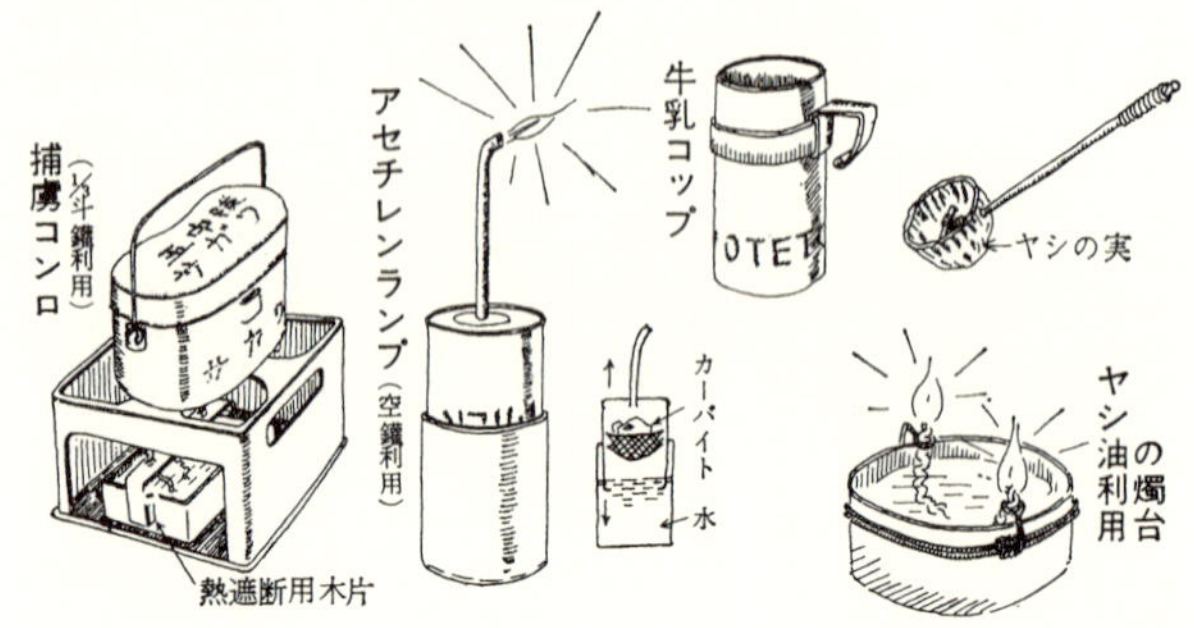

これが朝食。いわし入りのまぜめし、これが昼弁当。要するに朝と昼の変化は、いわしとコンビーフが交代になるだけである。

食事の集配にはポテトなどの入っていた一斗鑵の空箱をつかう。一人一人がうけるのは、いわしの入っていた小判形の鑵詰の空き鑵。昼弁当は飯盒に入れる。杓もシャモジもすべて廃物利用の手製である。椰子の実をわった民芸品から、鑵詰の空き鑵利用の実用型などさまざまである。飢《ひも》じくて仕方がないから食べるようなものの、みんな何ともいえない情なさそうな顔をしてつめこんでいる。

早い作業を割りあてられたものから小屋の外に出る。半ズボンのもの、長ズボンのもの、脚絆《ゲートル》をまいたもの、靴下もはかないもの等々。靴ははいていないとケガの危険がある。脚絆はみんなすぐ英軍式の足くびだけまくのに代えた。日本式のひざまでまく

土木作業にて

（著者のスケッチ）


やつは暑くて非衛生的で熱帯では全然いけない。

作業班の隊長が人数をとりまとめ、収容所の門のところへゆく。大きい作業隊はさらにそこで大きい集団に編成される。ゆく先は、たとえば市内の復興清掃班である。仕事は楽だが、糞尿くみとりなど屈辱的な仕事が多い。できるだけきたない服装をしていないとよごれる。ただしこの班はビルマ人やインド人から何か施される可能性がある。別名乞食班。百名以上の大部隊になるのがふつうだ。

このほか、英軍専用波止場での荷役もやらされる。また食糧集積所、被服廠の人足にもなる。こういうところははげしい労働になるが、うまくゆくといろいろのものが失敬できる。一名泥棒班。また兵器廠や英軍兵舎などから、大工、左官、旋盤工などの特技のあるものを要求されて編成される班もある。もっとも特技といってもたいしたことではない。こういう作業は労働ははげしく、変化がなく、面白くもなく、役得もなく、砂をかむような味気ない仕事である。神経だけがつかれる。一名くわれ班（わりの悪いの意）。ちょっと歴史家めいた感想をのべると、乞食班は、古代日本の奴隷。泥棒班は、古代オリエントの奴隷。最後のくわれ班というなさけなくてアダ名さえ適切なのがつけようのないのが、ギリシア・ローマの奴隷ということになろうか。

収容所入口前の広場に、使役先からのトラックが待っている。あとからあとから続々到着してその爆音は一種の活気をもたらす。私たちが十輪車と呼んでいた重量物運搬大型トラックはバネがかたくて、乗心地は悪いが、空気ブレーキのついた堅牢そのもののような車体はほれぼれするほど重量感にあふれた美しさを持っている。その他ダンプカー、大型ジープなどがある。

看視兵《サントリ》が入口で人数を数える。四列縦隊になっていると、かれらは勘定できない。掛け算ができないからである。看視兵は、わたされた紙片を持ちながら一番前列から一、二、三、四人、二列目へ入って来て、五人、六人、七人、八人、三十人ぐらいの人数でも、四、五回間違えている。二、三十人に一人ぐらいの割りで看視兵がつくから、その受け持ちの人数を合計するのがまたひと苦労で、いらいらするほど待たされる。

数え終ったところから乗車して作業に出て行く。作業を終えて帰るのは早いのは四時頃、おそいのは七時。八時までに帰隊させよというのが英軍から各作業場へ命令されていたようである。事件やもめごとがあるとこれよりおくれるのはもちろんだ。

終って水浴。同じ夕食。夜はあかりがないし、つかれてみなすぐ寝てしまう。灯《あかり》用として配給された椰子油のつかいかすは、兵隊たちがこしてなめてしまった。油など盗んできて灯《あかり》をつけ、マージャンなどできるようになったのは、半年以上たった二十一年春ごろからである。

私たちのたのしみは休みである。日曜は作業はすくなく、三分の二くらいの人が休める。そのほか、病人は、人数の三パーセントぐらい認められたようである。半分は舎内看視の意味もあってマラリヤ患者やケガ人が残される。症状の軽いものは作業には出るが、茶沸かしなどの楽な仕事にまわしてもらえる。

いちばんのたのしみは、作業場の都合でその日になって求人とり消しがあったときである。迎えの自動車がいくら待っても来ないことがある。小部隊に解散してしばらく待機。やがて本日の作業とり消しという通知があるのが普通だ。わっと歓声をあげてクモの子を散らしたように小屋へ帰る。うっかりかたまっていると、私たちを目の敵にしている所長につかわれるおそれが十分ある。「あぶれたあ、あぶれたあ、あぶれたあ」と連呼して帰る顔には喜色があふれる。初期にはできるだけ腹をへらさぬよう寝ることにきまっていたが、それでもうれしかった。あとでのべる「泥棒時代」になると、かくし持った鑵詰をあけ、手に入れたこれこそ人間用のビルマ米を炊き、あぶれた友人を招いてゆっくりと多少人間らしい食事をするたのしみがある。働きに行っている戦友のため、水浴用食器洗い用の水くみ、掃除ぐらいはもちろんやっておくのが仁義である。それからマージャンをやるなり、昼寝するなりである。

病気もたのしいことの一つであった。マラリヤの熱ぐらいなら作業より辛棒しやすい。もっとも、病人がへってくると元気なものが交代で休みをとるから、本物の病人は他人の休暇を奪うことになり、かえって気がねするようになったから妙なものである。病人は、内地の兵営とおなじく、日本の軍医のいる診療所まで行って診断をうける。「練兵休」をもらうと作業免除である。その嬉しいこと。

ときどき仮病もつかった。適当なとき体温計の頭をコンコンと指ではじくと、水銀柱は切れることなく上って七度二、三分を指す。脾臓が絶えず腫れているのが私のマラリヤの特徴なので、軍医さんは熱発の前ぶれと間違えてくれるのである。小さい病院もあって、入室も許されていた。しかし、イギリス人が見廻りにきて軽い病人は出してしまう。私も一度は失敗のような、成功のような妙な事件で入室したことがある。

あるとき、鉄板のはしけ積み作業があった。起重機などというものはない。ちょうど干潮時で、巨大なはしけはずっと堤の下の方に浮かんでいる。そのはしけのなかにまで堤からレールが走りこんでいる。鉄板の束をころの上にのせ、七、八人でおのおの綱をそれにかけて、ウンコラウンコラ引いて堤の上のレールに移し換え、下り坂になるところまで持ってくる。鉄板束は油をひいたレールの上をズルズルすべり出す。その瞬間みないっせいに綱をはずしてとびのく。

鉄板はレールの上を走り、急に速度を増し三十メートルほどの長さを、摩擦の力で白煙をあげて油をもやしながらすさまじい轟音とともにはしけへなだれおちる。めいめいの引き綱は鉄板の束の束ね綱に鉄片でひっかけるのだが、それをはずす呼吸がむずかしい。身体にかける方は輪になって腕を通し肩にかけてあるのだから、はずし損うと鉄板束にひきずられ、枕木で頭を強打するか、はしけまでひきずりこまれてぺしゃんこになってしまう。すでに昨日犠牲者が出ている危険な作業であった。

「用意」のかけ声で引き綱をゆるめ、「はなせ」でそろって前方へとび、先の鉄片を前方へひょいとぬきとらねばならない。私は手がとなりの男と衝突してそれを抜きそこなった。「しまった」と思って肩の輪をはずそうとするが、もう走り出した鉄板束にひきずられ、倒れたまま二、三回回転していて、もつれてどうにもならない。枕木に頭をはげしくぶっつけて、一瞬「やられた、もうだめだ」と観念した、その瞬間、奇蹟のように輪が身体から離れ、やれやれと思ったら気が遠くなってしまった。

皆がだきかかえて、「しっかりしろ」とどなっているのも、かついでいって車にのせられたのも遠いところでやっているように感じられた。はっきり気がついたのは大型ジープのなかで、おなじ中隊のG兵長が、「しっかりせい」とゆさぶっている。ところがおかしいことに、頭と背中がかなりいたいだけで、たいした異常はないようである。「もう、いいですよ。作業場へひきかえしましょう」と言ったら、「そんなに血を出していて、なんだ」としかられた。この血がくせものだった。

ジープは収容所のなかまでは入る。電話があったとかで、病室の看護兵が担架を持って迎えにきているという騒ぎである。「歩けます」と言うと「バカいえ。内出血があるかもしれない。この前の男だって、歩いて倒れて駄目になったんだ」とG兵長がどなる。そう言われると心細い。とうとう入室である。

しかし、どうもはずかしいことになった。手術の準備をして待っていた軍医さんがアルコールで身体をふいてみると、頭のコブと身体の方々にアザとすり傷ができているだけなのである。すごい血だらけに見えたのは身体じゅうにレールの油がとび散り、血とまじっていたお蔭だった。

「あれっ、不思議だな。内出血もないらしい。なんともない。……しかし、こういう傷はあとでこわいんです。入室していらっしゃい」大変ことばの丁寧な軍医少尉はそう言ってくれた。軍医さんは大真面目である。よこに寝ていた兵隊が笑い出す。大変な恰好で入りこんだだけに穴があったら入りたいようである。

二、三日たつともうコブもなくなった。右足親指の爪がはげていただけである。「これでは靴ははけない。まだ入室していなさい。もっとも英軍が見まわりにきたら、歩行練習中ということにしますから、すぐぬけ出して下さい」

うまい調子で十日以上も寝ていたろうか。とうとう英軍に見つかって退室させられた。その軍医殿には、たまたま手に入ったタバコ一箱をせめてものお礼としてさし上げた。内地だったらぶんなぐられて、よりひどい仕事を割りあてられたところであろうに、この上なくやさしい親切な軍医さんであった。

英軍はこのような危険な作業を他にも平気でやらせた。健康上からいっても耐えられないほどの連続重労働を課した。しかし、奇妙なことにケガ人や病人は日本の軍隊よりずっと大切にしてくれたような気がする。ご自慢のビタミンC錠を師団全員に毎日のませてくれたこともある。私がケガしたときも自動車を特に出してくれた。このきわ立った対照には兵隊たちみんなが気がついていた。

「安全作業させようと考えたら、えらく高うつく。危い仕事をどんどんやらしといて、ケガ人が出たら治療したる。日本人に治療させるのやから薬代だけだ。死んでも一文もいらん。早う直したら早うはたらかせられる。人道的やというて感謝される。いちばんうまい方法や」これはG兵長の意見だが、さてどうだろうか。

土曜の晩には演芸があった。病人用の休みの割りあてをさいて演芸班がつくられた。これは大人気であった。土曜の作業の早く終ったものは席とりの責任があった。マージャンも流行をきわめた。将棋や碁があまり流行しなかったのはどうしたことだろうか。その日まかせの捕虜だし、あの暑さでは考えることはなんでも嫌になるからかもしれない。文芸週刊新聞もつくられた。こういう娯楽のことはまたふれる。

「これが捕虜の顔だ」

いろいろの策は講じられたものの、それはかりそめの気晴らしにすぎない。兵隊たちの関心は、一にも二にも内地帰還にあった。英軍もそれはよく知っていたようである。個人的にも公けにもかれらは、

「反抗すると帰還をおくらす」

「怠業行為は帰還時期と関係あるものということに汝らの注意を喚起す」

と口頭や文書でいやというほどくりかえした。

帰還については、それこそ噂が乱れとんだ。

「帰還船が三隻内地を出た」

「うっかり特技があるなんて言うな。内地で炭坑夫不足ゆえ炭坑夫は先にかえしてやるから申し出よという話があった。申し出たら、そいつらは船にのせられた。みんな帰れると喜んだらマレーの錫鉱山へつれて行かれた——」

炭坑夫の話は本当だったらしい。この話をきいた司令部にいる若い日本軍将校が英軍に抗議した。ところが答えはいつもとおなじであった。「それと同様のことは、戦時中のイギリス人捕虜に対し、日本軍より行なわれたるものなり」

さらにいろいろなデマがとぶ。「教員だけ先へ帰してくれるそうだ」「いや全員インド行きだ」「いや米英とソ連が対立している。私たちは対ソ戦のため兵器をあたえられて、アフガニスタン方面へ行く。勝ったらみな将校にして、日本にはカラフトを返してくれるそうだ」など。

こういうデマは、兵隊たちのノイローゼ気味の雰囲気から自然発生的に続出してきたものであったろう。しかし、英軍が流して、日本兵たちを精神的に苦しめて喜んでいたのではないかと推察される根拠がある。あとでふれる「日本捕虜の使用要領」というパンフレットに「日本兵がいうことをきかないときは、帰還がおくれるぞと脅すのがいちばんよく効く」と書いてあったのもその一証拠である。「帰還船については、すぐ来ると言ってみたり、ずっと来ないだろうと言ってみたり、全然一貫性がない。真面目に相手になれなかった」という意味のことを、私たちアーロン収容所前の司令部にいた安部参謀は『参謀』という本のなかで書いているのである。

私たちは、ともかくこういう英軍に対して極度の反感を感じた。まだ真正面からいじめられる方がよいくらいである。十五年を経た今日でも、思い出してくると私ははげしい感情にかられる。「万万が一、ふたたび英国と戦うことがあったら、女でも子どもでも、赤ん坊でも、哀願しようが、泣こうが、一寸きざみ五分きざみ切りきざんでやる」という当時の気持が、こんなことを書いているとまざまざとよみがえってくるのだ。

「蛇の生殺しだ」と異口同音に絶えず口にしていた私たちは、反抗しなかったわけではない。正面切ってはどうにもできないが、英軍が想像以上にケチで、つまりできるだけ安価に、あるいは有効に働かそうとしているんだとわかると、「俺たちを使ったら損のようにしてやる」これが兵隊たちの合言葉になった。

徹底していたのは「菊」部隊である。二十一年夏、この部隊が先に帰り、私たちはその働いていたあとへ行ったのだが、たとえば道路工事用のコールタールの集積所は、ドラム鑵がピラミッド型に山のようにつみあげてある。それがほとんど空っぽなのである。「菊」部隊が穴をあけてみんな中身を流してしまったのだ。付近はまるでコールタールの海となっていた。その後始末に私たちは大きい穴を掘って、そこへコールタールを流れこます作業をやらされた。靴が一度にそこをはがれてしまうけれど、命令だからこれはやらねばならぬ。仕方がない。だが、私たちはそれをやりながらできるだけ泥をまぜるよう努力したのである。

罐詰はなるべくこわす。ミルクの罐などいちばん上の一つに穴をあけておくと、流れるミルクのため下の罐は全部さびてくさってしまう。泥棒も英軍に損をさす一心ではじめたということもあった。放火も考えたのだが、これはつかまる危険が大で、実行できなかった。

酒類はわずかな人数だけをえらんで運ばせられたが、「酒だ。酒ビンが入っている」と気がつくとわざととり落して割った。高価なものだから火の玉のようになってイギリス人監督が怒るのは、こわいながらもこの上ないたのしみであった。

また私たちは、とり落す原因をつくるため、盗み飲みしてわざと酔っぱらったのである。酔っぱらいを罰するのは勝手だが、それにむかってこわすなとおこってみても効果はない。効果のないおこり方をイギリス人はしないという点を利用したのだ。

ある日、七、八人の使役兵がそれをやっていると、監督のイギリス人軍曹が長い板切れを箱にのせて橋をつくらせ、兵隊にその上を渡るよう命じた。何気なく面白半分に渡る。落ちる奴がいる。その連中をのけておいて無事渡り終ったものにこの軍曹は言った。「お前たちは橋を渡った。かついでいる荷を落すほどは酔っていないはずだ。これから落すと承知しないぞ」

作業が終るとこの軍曹は、こわれたビンの酒を飲ませてくれた。ところが飲み終ると軍曹は、酒を盗み飲みしたりビンを割ったりした罰としてもう一度橋を渡れと言う。橋は胸のところの高さである。強いジンだかウィスキーだかをかなり飲んだ兵隊はよい気持である。ワアワアいいながら渡ったが全員ほとんど落ちた。今度はかなり酔っているからみんなひどい落ち方である。尻もちをついてうなっているのを見て、軍曹はにやりと笑った。味な処罰である。

しかし、このような反抗もあまり私たちの心をなぐさめはしなかった。無意味で過重で単調な労働の連続は、やがて兵隊たちの反抗心を失わせ、希望をなくさせ、虚脱した人間にさせていった。半年もたつと収容所の門で、飯盒と水筒をもち、腰をおろして出発命令を待っている兵隊の顔は、何とも異様なものになっていた。みんなだまりこくって、ぼんやり地面をながめている。兵隊につきものの猥談も出ない。

もう雨季で雨合羽には音をたてて大きい雨がたたきつける。立っているのは嫌だ。みな雨合羽のまま泥の上に並んで腰をおろしている。泥水がしみこもうが、雨水が背中へ流れおちようが、もうどうでもよいという調子である。何かのときふとそれを見ていた小隊長が、驚いたように私に言った。
「捕虜だ、みんな。これが捕虜の顔だ。みんなまったく同じ顔だ」

屠畜と飼育

私たちの重要な使役にラングーンの食糧品集積場での作業があった。ところが、元競馬場のこの広大な食糧品倉庫は、内外ともに泥棒にとりかこまれていた。管理のイギリス兵、出入する中国人商人、労働に来ているビルマ人やインド人の苦力《クーリー》と日本兵、みな泥棒である。夜は夜でいろいろ泥棒がしのびこむらしい。何重もの有刺鉄線の囲いがしてあり、塀もあるのだが、とにかく広いので構内に忍びこむのは、そうむずかしくない。

集積所の下を下水道が走っている。外からそれを伝って場内に入り、下からコンクリートのふたを突き上げたら通過は自由である。またふたをしておいたらわかりはしない。それに気がつかないイギリス兵ものんきなものである。

しかし、針のおちた音も聞きわけ、夜も数キロ先の鳥が見えるというグルカ兵（ネパール土民兵）の看視に対抗しなければならない。どうするか。グルカ兵は命じられた通り寸秒もたがえず巡路を見廻って歩く。ときどき道をかえてみようというような才覚はかれらにはない。そのわずかな間隔が仕事のときである。寸秒のおくれ、わずかな物音が泥棒の運命を決定する。見つかれば即座に自動小銃が火をふくのだ。それきりである。逃げおおせない限り殺されるのである。

こうしてわずかのあいだに何十人ものビルマ人の泥棒が殺された。私たちが屍体を見ないのは朝仕事につくころまでに、こういう犠牲者は片すみの空地に埋められるからだとビルマ人の労働者は言った。

ある日のこと、野積みの干ポテトの鑵詰をとりにやらされた私たちは、その横に血まみれになり、うつぶせに倒れている若いビルマ人を見つけた。あたりの草はかきむしられ、土の上には幾条もの指のあとがくっきりし、苦しみの強さを物語っている。もう生きていそうもないが、私は急いでイギリス兵のところへ報告に行った。「ビルマ人が死んでます」

若い軍曹《サージャント》が面倒くさそうについて来た。屍体がうつぶせなのを見て、靴の先で激しく蹴り上げるように額をもち上げる。首の骨が折れる。私はハッとしたが、泥まみれの顔にはどこにも生気はなかった。

「死んでいる《フィニッシュ》」

気のなさそうに彼はつぶやいた。

私たちは屍体を埋め終った。きたない貧しそうなこのビルマ青年の仲間はいたのだろうか。屍体にはなれたというものの何か嫌な不安な感じが残った。しかし昂奮していた私たちとちがって英軍軍曹は、ネズミ一匹の死としか見ないようにまったく冷静で事務的であった。

「フィニッシュか」私はつぶやいた。

「なるほどね。デッドならつぎに何かしなけりゃならないが、フィニッシュならなんにも残らないやね」

と小隊長も浮かぬ気である。私にはガクンと仰向けられた屍体の顔と、ちょっとそれを見ていて冷たく「フィニッシュ」と言った軍曹の声と、蹴られた屍体ががっくり頭をおとした状景が、いまも目の前に見える。

明らかにここでは一匹のネズミが死んだのであって、人間が死んだのではなかった。ヨーロッパ人がヒューマニストであるなら、いったいこれはどういうことなのであろうか。

私たちは戦争における非戦闘員や捕虜に対する処置によって、戦争犯罪を追及された。そして日本人の残虐行為が世界中に喧伝された。全部が嘘だとは言わない。しかし日本人の行為が残虐であって、この英軍軍曹の行為は残虐ではないといえるのだろうか。いわゆる残虐性のなかには習慣の相違、それも何千年もの間のまったく違った歴史的環境から生まれた、ものの考え方の根本的な相違が誤解を生んだということが多々あるように思われる。

私の言いたいことはこうである。日本人は何千年来、家畜を飼うという経験をしなかった。とくに食糧としての家畜を飼うことをまったく知らなかった。つまり日本人は一般に家畜の屠畜ということに無経験な珍らしい民族なのである。同じアジア人でも、中国人やビルマ人は屠畜に馴れている。それ以上にヨーロッパ人は馴れている。

ここでは詳しくのべることはできないが、ヨーロッパでは穀物だけでは到底たりないので家畜をたくさん飼い、冬の前には、その多くを殺して肉をたくわえ、それによって冬を食べつないできた。有史以来実に十八世紀までそうなのである。それなしには越冬できないのだ。屠畜された家畜はきわめて大切な食糧であるから、その肉や骨や血の一片一滴たりとも無駄にすることはできない、だからかれらはこの動物の屠畜とその屍体処理に馴れきっている。

それに対し日本人は、本来的にそういう経験を持っていない。私たちは血を見て逆上する性格がある。戦場の捕虜や現住民に対する傷害行為は、どこの国にも共通であるとしても、日本のそれは逆上的な傷害になる。滅多うちにしたり、死んでからも狂気のように突いたり切ったりする。そこがヨーロッパ人には残虐という印象をあたえるのだと思う。しかし、それを残虐と言えるだろうか。

また、私たちは家畜を数多く飼育することには馴れていなかった。馴れていないどころか、ほとんど経験した人はないだろう。もちろん牛や馬を一頭か二頭養うことはあった。牛や馬や羊など一頭か二頭飼育しているときは、そこに家族的な愛情の交換が成立する。食うために飼っているのではないからなおさらである。家畜をけものとしてではなく人間として家族の一員として取り扱うことが飼育の秘訣として、美談として倫理として要求される。
しかし家畜を何十頭何百頭飼うとなると、そんな気持でいては飼育者は過労で参ってしまう。ここではどうしても多くの動物を取り扱う一つの管理法と技術が必要となる。捕虜というような敵意に満ちた集団をとらえて生かしておく（生活さすのではなく生存させておく）というためには、このような技術が必要なのではないだろうか。そういうものは私たち日本人は、まったく身につけていない。

私たちは捕虜をつかまえると閉口してしまうのだ。とくに前線で自分たちより数の多い兵隊をつかまえたりしたら、どうしてよいか茫然としてしまうのだ。

しかし、ヨーロッパ人はちがう。かれらは多数の家畜の飼育に馴れてきた。植民地人の使用はその技術を洗練させた。何千という捕虜の大群を十数人の兵士で護送して行くかれらの姿には、まさに羊や牛の大群をひきいて行く特殊な感覚と技術を身につけた牧羊者の動作が見られる。日本にはそんなことのできるものはほとんどいないのだ。

捕虜の虐殺やその処遇など、日本人に対してあたえられた批難はこのことに無関係ではない。水の補給場所も考えないで大群を行軍させて死人を多く出したり、列から離れたものを追い返すことをしないで殺したりしたということは悪意だけでの問題ではない。羊や牛を追った人間ならそういう失敗はやらないだろう。

残虐性の度合いや強弱などというものは、一般的な標尺のあるものではない。それは文化や社会構造の型の問題で、文化や道徳の高さなどという価値の問題ではない。ヨーロッパ人が自分たちの尺度で他国を批判するのは勝手だが、私たちまでその尺度を学んだり、模倣したりする必要はないと思う。

日本人はヨーロッパ人の動物飼育の感情を理解できるだろうか。かれらは豚を可愛がる。豚は食糧になるからだ。殺すことと可愛がることとは矛盾しない。家畜に関しては使用することも食糧になることも同じ意味で「役に立つ」のである。この点は日本人の考えの方がおかしい。牛肉は大好きなくせに、殺すことと殺す人を嫌悪する風習がある。ヨーロッパでは、毛皮業者や食肉業者の社会的地位が昔から高かったのである。

しかし、生物を殺すのは、やはり気持のよいものではない。だからヨーロッパではそれを正当化する理念が要求された。キリスト教もそれをやっている。動物は人間に使われるために、利用されるために、食われるために、神によって創造されたという教えである。人間と動物の間にキリスト教ほど激しい断絶を規定した宗教はないのではなかろうか。

ところでこういう区別感が身についてしまうと、どういうことになるだろう。私たちにとっては、動物と人間との区別の仕方が問題となるだろう。その境界はがんらい微妙なところにあるのに、大きい差を設定するのだから、その基準はうっかりすると実に勝手なものになるからである。信仰の相違や皮膚の色がその基準になった例は多い。いったん人間でないとされたら大変である。殺そうが傷つけようが、良心の痛みを感じないですむのだ。冷静に、逆上することなく、動物たる人間を殺すことができる。

ビルマ人の泥棒の屍体を扱った軍曹の姿のなかに、私がそういう「冷静」を見たと思ったのは誤まりであろうか。

ヨーロッパ人が、人間と動物との境界をずいぶん身勝手なところで設定するのではないかと私が考えたのは、勝手にそう思ったのではない。つぎのような体験があるからである。

私たちの食事に供された米はビルマの下等米であった。砕米で、しかもひどく臭い米であった。飢えている間はそれでよかったが、ちょっと腹がふくれてくると、食べられたものではない。その上ある時期にはやたらに砂が多く、三割ぐらい泥と砂の場合もあった。私たちは歯はこわすし、下痢はするし散々な目に会い、とうとう日本軍司令部に対し英軍へ抗議してくれと申しこんだ。

その結果を聞きに行った小隊長は、やがてカンカンになって帰ってきた。英軍の返答は、「日本軍に支給している米は、当ビルマにおいて、家畜飼料として使用し、なんら害なきものである」であった。それもいやがらせの答えではない。英軍の担当者は真面目に不審そうに、そして真剣にこう答えたそうである。

イギリス人の残忍さ

こういうことになると、私もひがんだ考え方をしたくなる。

私たちの部隊は、最初はイラワジ河岸のアーロン収容所、あとはヴィクトリア湖という人造湖畔のコカイン収容所におかれたわけであるが、前者はラングーンの塵埃集積所と道一つへだてたところであり、すさまじい悪臭と蠅が私たちを苦しめつづけ、後者は家畜放牧場に接し、とくに集中的な放尿所であった。他に空地は無限なほど多かったのに、どうしてこういう場所を収容所として選んだのか。朝夕、太陽にまぶしくシェターゴン・パゴダが金色にきらめく。その下の菩提樹の繁った丘、芝生で被われた広い原、牛が木鈴を鳴らして遊んでいる。そのような背景のなかでは、奇蹟のように汚い場所、そこにわざわざ私たちはおかれたのである。やはりそこには英軍当局の明確な目的があったようだと思うしかない。

前にものべたように、日本人とイギリス人——ヨーロッパ人とどちらが残虐であるか、どちらがより正しいかを決める共通の尺度はないと思う。日本軍捕虜に対する英軍の待遇のなかにも、私たちには、やはり、これはイギリス式の残虐行為ではないかと考えられるものがある。そして英軍の処置のなかには、復讐という意味がかならずふくまれていた。

問題はその復讐の仕方である。日本人がよくやったような、なぐったり蹴ったりの直接行動はほとんどない。しかし、一見いかにも合理的な処置の奥底に、この上なく執拗な、極度の軽蔑と、猫がネズミをなぶるような復讐がこめられていたように思う。

そのなかでも濠州兵は目立って程度が悪かった。その兵舎を膝をついて雑巾がけしていると、いきなり私の額でタバコの火を消されたことがあった。くそっと思ってにらみつけると平気な顔で新聞を読んでいる。激しい憎悪がその横顔に浮かんでいる。ドスンと目の前に腰をおろし、その拍子のようにして靴先でいやというほどあごを蹴り上げられたこともある。

ある日K班長が、青ざめ、顔をひきつらせて濠州兵の兵舎作業から帰ってきた。聞くとか私をひざまずかせ、足かけ台の代りにして足をのせ、一時間も辛棒させられたこともあった。これは、濠州兵の便所で小便をしていると、入ってきた兵士にどなられ、ひざまずかせて口をあけさせられ、顔に小便をかけられたという。日本兵は便器でしかないという表示である。そのすこし前に配達された妻からの便りを手にしていなかったら、このおとなしい兵隊は、死刑覚悟でその濠州兵を殺していたかもしれないほどの形相であった。

二十一年の初秋ごろだったか、雨季あけの心地よい季節であるのに、私たちの隊はとくに憂鬱だった。じつに嫌な仕事が廻ってきたのである。当時の兵隊たちの言葉でいえば「隠亡」作業、つまり英軍墓地の整理である。

終戦前後からそのころまで続々戦傷戦病死するイギリス人やインド人は、仮墓地に応急的に埋葬された。それが不規則で乱雑だったので、整頓することになったのであろう。

私たちに与えられたのは、棺を掘り出し、別の場所へ移す仕事である。英軍の埋葬は屍体を布でつつみ、寝棺に入れ、その上に英国旗をかけて五尺ほどの深さの穴へ水平に下ろす。国旗は木綿製のあまり上等なものでないのに、埋めるときにはとってしまう。幾度も使うためだ。「あんなのならいっしょに埋めてやったらよいのに、イングリはケチだ」とは兵隊たちのつぶやきである。

棺の大きさと同じぐらいに土を長方形にもりあげ、頭の方に小さい十字架を立て、死者の名前と所属隊名、死亡年月日などを書きこむ。戦争直後の混乱期のものは名札など飛んでいる。棺が腐ったものは、塚の土がゴソリとなかへくずれている。全部くずれかけているものも多い。そういうのを掘りかえし、埋めかえるのだ。

ほとんどの屍体は腐乱最中である。乾季中に腐ったものは、ミイラのようになっていてまだよいが、雨季か雨季直前に埋められたものはひどい。一種の蒸風呂のなかでの腐り方のようなものだからだ。戦時中の遺棄屍体の方が禿鷹や烏が整理してくれていてずっと見やすかった。悪臭で目から涙がボロボロこぼれる。ウジ虫のかたまりのようなのを素手ではこばされるのである。この作業から帰った兵隊はコンビーフのまぜ飯を見てゲーッと言って当分それが食べられない。コンビーフは屍体の肉そっくり、飯はウジそっくりだからである。

この作業のとき、私は奇妙な一群を見た。インド兵のような服装をした日本兵の集団で、私たちと同じ作業をしている。なぜか私たちをさけている。ものも言わない。やがて私たちは気がついた。戦時中の捕虜、投降者たちである。それは、捕虜《キャプチュアード》、または戦争捕虜《プリゾナー・オヴ・ワー》、（戦犯者《クライムド》ではない）として私たち降伏軍人《サレンダー・パーソネル》または被武装解除人《ディスアームド・ミリタリー・パーソネル》から区別され、チャンギーの監獄に収容されている人々であった。

私は、行き会った一人に「やあ」と声をかけてみた。顔をそむけて応答をしてくれなかった。

「話しようとしても物を言ってくれないな。気の毒だから無理に話しかけることはないけれど、ひどくひがんでいる」

と小隊長は言った。日本軍の教育はおそろしい。「捕虜」たちは、戦争が終ったその時でも、私たちが軽蔑の目で見ているとうたがい、全身でそれに反撥している。しかも自分を恥じている。私たちは、自分たちを立派だとは思っていない。ことにろくろく戦闘もしなかった私など威張れるわけがない。しかし、こういう人たちを目の前にすると正直なところ、おれは投降はしなかったという気分がわき、優越者みたいな気になるのを抑えきれなかった。

しかし、とうとう一人の人と話すようになった。関東の人で、名も所属も言わない。歯切れのよい東京弁で率直な感じである。

「私はミッチーナで重傷を負い、倒れていて英軍に収容されました。意識を失っていて収容されたのです。でも、それはどうでもよいのです。私たちは帰れないかもしれません。ですから、この話だけはしておきたい。日本の人に知らせて下さい」

「英軍はひどいことをします。私たちは、イラワジ河のずっと河下の方に一時いました。その中洲に戦犯部隊とかいう鉄道隊の人が、百何十人か入っていました。泰緬《たいめん》国境でイギリス人捕虜を虐待して多勢を殺したという疑いです。その人たちが本当にやったのかどうか知りません。イギリス人はあの人たちは裁判を待っているのだと言ってました。狂暴で逃走や反乱の危険があるというので、そういうところへ収容したのだそうです。でもその必要はありませんでした。私たちは食糧がすくなく飢えに苦しみました。ああ、やはりあなたたちもそうでしたか。あの人たちも苦しみました。あそこには〝毛ガニ〟がたくさんいます。うまい奴です。それをとって食べたのです。あなたもあのカニがアミーバ赤痢の巣だということを知っていますね。あの中洲は潮がさしてくると全部水に没し、一尺ぐらいの深さになります。みんな背嚢《はいのう》を頭にのせて潮がひくまで何時間もしゃがんでいるのです。そんなところですから、もちろん薪の材料はありません。みんな生まのままたべました。英軍はカニには病原菌がいるから生食いしてはいけないという命令を出していました。兵隊たちも食べては危険なことは知っていたでしょう。でも食べないではいられなかったのです。そしてみんな赤痢にやられ、血便を出し血へどをはいて死にました。水を呑みに行って力つき、水の中へうつぶして死ぬ、あの例の死に方です。看視のイギリス兵はみんなが死に絶えるまで、岸から双眼鏡で毎日観測していました。全部死んだのを見とどけて、『日本兵は衛生観念不足で、自制心も乏しく、英軍のたび重なる警告にもかかわらず、生ガニを捕食し、疫病にかかって全滅した。まことに遺憾である』と上司に報告したそうです。何もかも英軍の計算どおりにいったというわけですね」

とにかく英軍は、なぐったり蹴ったりはあまりしないし、殺すにも滅多切りというような、いわゆる「残虐行為」はほとんどしなかったようだ。しかし、それではヒューマニズムと合理主義に貫かれた態度で私たちに臨んだであろうか。そうではない。そうではないどころか、小児病的な復讐欲でなされた行為さえ私たちに加えられた。

しかし、そういう行為でも、つねに表面ははなはだ合理的であり、非難に対してはうまく言い抜けできるようになっていた。しかも、英軍はあくまでも冷静で、「逆上」することなく冷酷に落ちつき払ってそれをおこなったのである。ある見方からすれば、かれらは、たしかに残虐ではない。しかし視点を変えれば、これこそ、人間が人間に対してなしうるもっとも残忍な行為ではなかろうか。

騎士道英国

私たちが英軍とは士官はもちろん、兵隊とも一般的な話をすることはめったにない。会話が苦手のためこちらが話しかけないという事情にもよるかもしれない。しかし根本的には何度もふれたように、イギリス人自体が、日本人と話し合う、しかも兵卒と話をするというようなはしたない態度はとろうとしなかったからである。

だが例外もある。なにかの機会に「日本人はこの敗戦をどう考えているか」とか「復讐をしないのか」（かれらはカタキウチという日本語を知っていて、かならずそれを使った）とか、「なぜ簡単に武装解除に応じたか」などと問いかけられることもあった。

あるとき、私たちの作業指揮官の将校と英軍中尉と話がはじまった。この中尉はアメリカで働いていてハーバードを出たとかいう非常に人なつっこく感じのよい青年であった。かれは、ときおり私たちに何かと話しかけようとした稀なイギリス人の一人であった。それはアメリカにいたという経歴の生んだ気さくさだったかもしれない。私たちの将校は、

「日本が戦争をおこしたのは申しわけないことであった。これからは仲よくしたい」

という意味のことを言った。どのように通じたのだろうか。英軍中尉は非常にきっとした態度をとって答えた。

「君は奴隷《スレイヴ》か。奴隷だったのか」

楽天家らしいかれが、急にいずまいを正すような形をとったので、私はハッとした。この言葉はいまでもよく覚えている。もっともスレイヴというのはそのときすぐには聞きわけにくかった。奴隷という言葉がわかったときも、「貴様らは奴隷だから人並に謝まったりするな」ということでおこったと思ったのだから、私の聞きとり能力も心細い話だ。しかし、つぎのような説明を聞いてやっと意味がわかった。

「われわれはわれわれの祖国の行動を正しいと思って戦った。君たちも自分の国を正しいと思って戦ったのだろう。負けたらすぐ悪かったと本当に思うほどその信念はたよりなかったのか。それともただ主人の命令だったから悪いと知りつつ戦ったのか。負けたらすぐ勝者のご機嫌をとるのか。そういう人は奴隷であってサムライではない。われわれは多くの戦友をこのビルマ戦線で失った。私はかれらが奴隷と戦って死んだとは思いたくない。私たちは日本のサムライたちと戦って勝ったことを誇りとしているのだ。そういう情ないことは言ってくれるな」

おぼつかない聞き方だが、ゆっくりと噛んでふくめるように言ってくれたのはこういう内容であった。相手を勇気づけようとする好意があふれていて、頭がさがる思いであったが、その反面、勝者のご機嫌とりを察知されたことに対する屈辱感というものは何ともいえないものであった。

私たちはもちろんまじめに戦った。ここまで踏み切った以上日本が負けたら大変だと思ったからである。かならずしも大東亜戦争が聖戦であると信じていたのでも、八紘一宇の理念を信奉していたためでもない。そういう立場もあって差支えないと私は考えている。それを奴隷的心理だとも言えないだろう。

だから敗戦と同時に、鬼畜米英が救世主や解放者になったのを帰還後知って非常につらかった。また戦争に抵抗もせず、軍部や政府から特別いじめられたということもなかった人々が、勝利者に対し「日本は軍国主義の鬼だった」「気ちがいだった」と言って廻ってくれたのには抵抗を感じた。いまでも感じる。私が素直でないのでもあろう。そう言って廻った人々は、日本の良心の代表者なのかもしれない。そういう人は心から日本の民主化のため努力してくれているのかもしれない。しかし、そういう人は実にたくさんいるのだが、そういう人たちのなかで、日本的な後悔の仕方であるはずの「申しわけないから死んでおわびする」という人も、「頭をまるめて隠遁と懺悔の生活を送る」という人も出なかったのは不思議なことである。

もっとも、この英軍中尉のことばをきいて私が感じたのはそういうことだけではない。ヨーロッパ人には、いったん自分がとった重大な行動の責任は、どんなことがあってもなくならないとする考え方がある。また一度やりだしたことは都合が悪くなっても、いや悪いと思っても断じて曲げない方が立派で男らしいのだという考え方も、私たちの想像以上に強く深く広く根を張っているようである。捕虜体験からはずれるが、『プルターク英雄伝』のつぎの話を思い出していただきたい。

ある子供が、ひとの畑から、ブドウを盗んだ。畑の持主がそれを見つけてとがめると、子供はブドウをふところにかくして盗まないと言いはった。だがそのブドウのなかに蛇がいて子供の腹を喰いやぶり、腸を喰いきった。言語に絶した苦痛のなかでも、子供はなおブドウを出さず強情を張ったので、とうとう死んでしまった——。

これはバカな子供にもっとうまく盗めと教える話ではもちろんない。正直にしましょうという教えでもない。正直にしないと神が罰をあたえるというたとえではさらさらない。いったん言いだしたことは断乎としてつらぬくスパルタ的精神を讃えたものなのである。

こういう考え方にはもちろん問題がある。個人が悪行をつらぬいても、誤まちをあらためなくとも、社会はそれを是正するだろうし悪い影響はうけないはずだという、社会に対する信頼がないと成立しない論理ではある。しかし、そういう考え方がヨーロッパには広く存在し、安易な反省や回心には不信をいだくものだということは知っておく必要はあるだろう。

イギリス下士官「禿鷹」

昭和二十一年夏から私たちの部隊が移ったコカイン収容所所長補佐に私たちが禿鷹《コンドル》と仇名をつけた軍曹がいた。仇名の由来は実に見ごとな彎曲を持った鷲鼻からくる。傲慢、残忍、陰険、着実、冷静で、イギリス下士官の典型のような男であった。

かれは収容所内につくられた作業の司令所であり連絡所である小屋へやってきて、いろいろ細かい指示をあたえた。清掃や隊列や服装や防火など、この男の思いつきの差出口のせいで、私たちはずいぶんと何の役にも立たぬ努力をさせられたものである。

この男のおもな仕事は、収容所内にある日本軍営倉に入れられている入刑兵をひっぱり出して、「訓練」することだった。入刑兵とは作業中泥棒するか反抗するかして英軍の命で入れられたものだ。「禿鷹」は貧弱な体格だったがなかなか身なりに気をつける男で、鳥毛のついた指揮棒のようなものをたえず持ちあるき、それで気に入らない者を突いたり、たたいたりした。

営倉入りの男は背に石を入れた背嚢を背負わされ、指揮棒のふられるままに、かけあしであちらこちら行ったり来たりする。廻れ右でも、かけあし姿勢でも、いいかげんでは容赦しない。「禿鷹」はイギリス人のもっともお得意な「見せしめ」のつもりであろう、いつも私たちが作業に出発したり、帰ったりする時刻にそれをやらせた。「レフト」「ライト」「カモン」、その叫びにつれ、燃えるような太陽のもと、まるで水にとびこんだように脂汗を衣服からたらし、まっ青な顔をし歯をくいしばって走りまわっていた兵士の姿と、ギラギラするような復讐欲にもえたサディスティックな「禿鷹」の目が、いまもなお私に焼きついている。抗議すれば英軍侮辱罪でたちどころにおなじ運命に会う。

この「禿鷹」は無類の女好きであった。もっともイギリス人は、私たちよりはるかに性欲が強いように感じられたから、この無類というのは私たちに比較しての話である。

かれは毎晩女をその宿舎にひき入れた。多くはビルマの女である。「禿鷹」のなじみのビルマ女は収容所の正門の反対側の家に寝どまりしていた。その家は日本軍収容所に近いというので立ちのきを命ぜられたが応じなかったものらしい。この女はもと日本軍の慰安婦をしていたとかで、日本語で、「からたちの花」「いくとせ故郷」「愛国行進曲」とか「ジャバのマンゴ売り」などを、毎夕うたって聞かせてくれた。なかなか上品な歌が多かったのはどういうことであろうか。兵隊たちは四、五十人集まってそれを聞くのを日課にしていた。

異境で重労働を宣告され、いつ帰れるという見こみもない私たちは気が狂うほどの望郷の念にかられていた。南十字星をはじめまったく見なれない星ばかりの下で、たどたどしいが妙に哀調をおびた女声の歌を聞いて、たわいない話だが、みな涙ぐんでいたのである。それは二十一年の秋から二ヵ月ほども続いたろうか。そのうちたしかクリスマス・プレゼントとしてビルマのＹＭＣＡからラジオが贈られ、内地の放送が聞けるようになって、この日課も自然に途絶えた。女もどこかへ移ってしまった。イギリス人に殺されたとも噂された。

それはともかく、この「禿鷹」の夜の行動は、イギリス人嫌いのビルマ人の憎悪のまとになり、かれの宿舎は毎晩ビルマ人たちに襲撃された。石ころや棒切れなどが投げこまれ、銃撃されたことさえあった。しかし、それでも女遊びをやめようとしなかったのはさすがにイギリス人であった。ここで「禿鷹」は日本兵を護衛につかうことを考えたのである。ビルマ人に憎まれているインド人衛兵では役にたたない。イギリス本国兵にそんな仕事はさせられない。そこで私たち捕虜が、七、八人棒切れをもって交代でその部屋を巡視することを命ぜられた。それをひきうけた日本軍司令部も司令部だが、日本軍とは由来そうしたものだ。善意に考えれば、英軍から保護を依頼されて得意になったのかもしれない。警護するのは兵隊で、自分ではないのだから危険はない。

日本人がいるとビルマ人は襲撃してこない。もういいだろうと警護をとくと、またやってくる。この警護は「禿鷹」の在任中つづいたと思う。

ところが、この衛兵たちの宿舎がない。とうとう「禿鷹」とおなじ部屋の土間に天幕か何かの寝具をもってごろ寝する始末となった。「禿鷹」のベッドは丸見えである。だがかれはすこしも遠慮しない。相変らずビルマ女をつれて来て、ときには二、三人をつれこんでキャーキャー大騒ぎ、男女の交りを電燈も消さず終始演じて見せるのである。女の方がかえってはずかしそうでもあり、ときには相手のしつこさに、かなきり声をあげたり罵声をあびせたりひっぱたいたりする。それでもにやにやして動作をやめないこの男の曲り鼻と落ちくぼんで青くギラギラ光る目は、まさに畜生を思わせた。

それを見せつけられる私たちは、声を立てることも許されない。からかったりすればどのような仕返しをうけるかわからないのである。最初ははげしい好奇心をもやした兵隊も、時がたつにつれ、げんなりしたような顔になった。はき気のような嫌悪感と屈辱感が好奇心を圧倒するのである。それに私たちは疲れている。睡魔の方が早くやって来て救ってくれるのである。

その翌日も、相変らず平気な顔で「禿鷹」は指揮棒をふり、片手は腰にあてて兵隊を追っていた。

「イギリス人を全部この地上から消してしまったら、世界中がどんなにすっきりするだろう」私はつくづくそう考えた。いまから考えるとずいぶん感情的な結論だが、そのときは心からそう思ったのである。もっともこの気持は、いまでも心のどこかにしこりとして残っているようである。

泥棒の世界

泥棒になるまで

私たちの給与は乏しかった。食糧も一日じゅう寝ているのならそれで足りたであろうが、かなり激しい労働を課せられたのだから、支給品だけではとてもやってゆけない。

とくに捕虜のはじめの頃の食糧はひどかった。いまから考えるとこのひどさは、あるいはビルマの食糧難と関係があったのかもしれない。しかし、ラングーンへ移ってからは、明らかに捕虜いじめの意味があったようである。

食糧の改善方の要求に対する英軍の返答には、ラングーンの食糧事情の悪いことがのべてあった。しかし、英軍はおなじ答えのなかで「日本兵を生存させる義務はあるが、生活させる義務はない」とか、「日本軍を抑留しているのは日本軍のためではなく、英軍の必要からだ」とか、すでにのべたように「家畜飼料としては完全なものだ」というような言い分をいつでも入れて答えていたのである。

英軍が焼却したり捨てたりしている食糧でも、日本軍に支給されるものよりずっとよいのもあった。私たちは最初、日本軍への支給品は食用可能で、焼却されるのは食べられないものだと単純に考えていた。が実はそうではなかった。

たとえば英軍は作業場でよく私たちに鑵詰を焼却させた。さびてもいないし、穴もあいてない。

「なぜ捨てるのか。捨てないで私たちにくれ」

と言うと、係の将校は、

「鑵が凹んでいるのは穴があき腐敗している可能性があるから捨てるのだ。そういうものは、いかに捕虜とはいえ支給できないではないか」

と説明してくれる。一応立派な理由だが、一方私たちに支給される鑵詰は、凹んだものが大変多いし、腐っているのも少なくなかったのである。

とにかく、食糧難には弱った。住居や衣服の方は給与が悪くても何とか辛棒できるが、飢えと労働が重なるとどうにもならない。収容されてから二、三ヵ月たったころがいちばんこたえてきて、足を上げて歩くと、ヨロリ、ヨロリとしてうまく歩けない。そこで足をあげずに歩く方法を考えた。物につまずいてよく生爪をはがしたが仕方がない。そんな状態で働かされるのだからたまらない。仕事場ではときどきビルマ人やインド人が米をくれたり、インド兵が自分たちの食糧をわけてくれたりしたが、それくらいでは追いつかない。

そのころのことである。英軍兵舎で、炊事係の下士官が一かかえもある大きい食パンを切ろうとして頭をかしげ、それを捨てているのを見た。そこはスコットランド兵の通信隊でイギリス人のなかではいちばん紳士的だった部隊である。兵隊たちは生つばをのみこんで「会田、あれをもらってこい」とみなで言う。こういう微妙な話は私の英語では通じないことを誰も知ってくれない。こわごわ、「あのパンをもらえないか」と聞いてみたが、どうも話が通じない。仕方がないので、その兵隊をひっぱって、パンを捨てたところへつれて行き、これだと指さした。

「これは捨てたのだ。古いのだ」

「これをくれないか」

「捨てたものをやるわけにはゆかない」

「私たちは食糧が足りないので大変ひもじいのである」

「それなら英軍の係に言えばよい」

「それはいつも言っているが駄目だ」

「拾って勝手に持って行け」

「私たちは持ち出しを禁止されている。許可のサインをくれ」

「それは不可能である」

話はこうなめらかにはいっていないのだが、ともかくこんな意味の押問答をくりかえした。たいていのイギリス人なら、すぐ話を打ち切って行ってしまうのだが、この下士官は人がよかった。しばらく考えていたが、やがてそのなかの二つのパンをとりあげ、両脇にかかえて、「わかった、行け」と言う。私たちが兵舎を出るとついて来て、道わきにそのパンをポイと捨ててくれた。大騒ぎで持って帰り、みんなで食べた。すこし固くなっていたようだったが、小麦粉のパンを食べるなんて実に五年、いやもっと久しぶりである。いまでもこれほどうまいパンは食べたことがないような気がする。

食事が足りない。英軍に不満もある。そこで私たちはしだいに泥棒をはじめるようになった。

日本兵の奴め、泥棒では神様だ

私たちは、よく英軍の衣料倉庫や食糧品集積所で作業をさせられた。入庫品の整理や、各部隊から受給品を受けとりにくるトラックなどへの積みこみが主な仕事であったが、これは、いそがしいときには大変な重労働だった。とくに食糧品集積所の仕事はひどかった。収容されたはじめごろは、どんどん軍需品を満載した船が入って巨大なトラックの列がつづき、まったく無整理のまま品物（たいていは何ダースかの鑵詰のはいった木箱）が集積所に殺到した。それを分類し、所定の位置に積み上げるのだが、そのときなど、まったく死物ぐるいに働かされた。

とくにつらかったのは、紅茶の六十キロ入りの箱の整理である。食糧品倉庫の一つとしてラングーンの競馬場があてられ、鉄筋観覧席とスタンド下の部屋にそれが積みあげられた。油脂類などは野天積みにして天幕でおおうのである。すべてが巨大な箱のビルディングのようなもので、まちがって箱とともに下へ落ちようものなら命を失うことになりかねない。

紅茶の箱はスタンドに積み重ねる。ご承知のようにスタンドは腰をかけるためのもので、階段ではない。段が大きすぎる。見上げるばかり大きいスタンドにはつかまるところがない。そこを一メートル四方もある木箱を一番上までかついで行かされるのである。二度ほど往復すると足にふるえがきて、その一段が登りきれない。杖もない。倒れて下敷きになれば骨がおれてしまう。事実そういうケガ人も出たのである。

イギリス兵は狂ったように「カモン、カモン」と連発し、鞭で荷物をなぐりつける。身体をなぐらないのはさすがである。しかし、イギリス人の冷酷さというものはすさまじい恐怖感をあたえるものだ。私たちは生きた心地がしなくなり、夢中で段を登った。私の身体で、どうしてあれだけのことができたかわからない。もっともそういう日は足や肩が激しく痛んで、夜は一睡もできなかった。

しかし、こういうところでは楽しみがある。ほかでもない、ちょっと言いにくいが泥棒である。実のところ、泥棒なしに捕虜生活は語れないのである。

私たちへ供給される食糧が少なく、飢餓に悩まされたことはすでに何度ものべた。しかも供与係や炊事係が戦時中とおなじやり方を、つまり横流しや貯めおきをやったため、それはさらにみじめなことになった。

飯のうらみは強い。これからも私は何度も書くことになろう。

私たちの食事はドラム罐で炊いた半分すえたのや、焦げたのや、半煮えの飯に罐詰にしいかコンビーフをぶちこんでかきまわしたものであった。それを三度三度数ヵ月つづけて食べさせられたら、どうなるかご想像いただきたい。そういう人間に罐詰の山のなかにいて何もしないでいろということは無理である。

まず私たちがはじめたのは、作業場内での盗み食いである。作業の間にこっそり罐詰を失敬し、荷物のかげに置いておいて仲間が交代で便所か何かへ行くふりをして一人ずつぬけだし食べてくるのである。そういうことには上手下手があるから、うまく盗み出してみんなにわけてくれる人間がしだいに人望を得るようになる。

道具もないのにどうして鑵詰を開けるのかと不思議がられるかもしれない。もちろん鑵切りが英軍から支給されるはずはない。しかし私たちは全員持っていたのである。鑵詰の箱のなかにはかならず一個ははいっていたからだ。しかしよく切れるのと切れないのがある。兵隊たちはやがてその「銘柄」も知るようになり、とうとうイギリス本国グラスゴー製だとかいう上等な鑵切りはタバコ一個で売買されるようになった。私自身もとくに鋭利なやつを二個愛蔵していた。

はじめのうちは作業場で盗み食いをするだけだった私たちは、びくびくしながら食べるのではうまくない、ゆっくり宿舎で食べたいなどと、しだいに調子にのってそれを持ち出しはじめた。タバコと交換するためでもあった。

作業場でも看視の目は光っている。監督のイギリス兵や警戒のグルカ兵がいる。しかし作業場は複雑で混雑しているし、イギリス兵の看視はのんびりしているから、よほど監督がうるさい男でない限り名人芸化した私たちの盗み食いはそう困難ではない。量的にもたいしたものでないから、見つかっても、なぐられるだけである。痛いより不名誉の方がつらいくらいである。

しかし持ち出しとなると事情がちがってくる。作業場の出口には看視の衛兵が三人いる。二人が両方から自動小銃をつきつけ、もう一人が服装検査をする。精密検査でなく、両手をホールド・アップさせ、ポケットをたたいたりする程度である。持ち出しが見つかると、なぐられたり、英軍や日本軍の営倉へ入れられたりするが、重犯者になると一般捕虜の入っているチャンギーの監獄へ転送されてしまう。

私たちは、英軍の物品を破損したり、盗んだりすることに良心の痛みは感じなかった。不当な抑留、不当な労働ということを、兵隊たちは論理だててではないにしろ、やはり感覚的に感じとっていたからである。しかし処罰というものは何でも嫌なものだし、それに営倉ではかなり激しい苦役か、厳格な監禁状態を強いられたので、それに対する嫌悪は内地の場合とかわらなかった。

それではどのようにして鑵詰を持ち出すか。イギリス人看視兵も毎日全員の服装検査をするとは限らない。だいたい抽出的に部分的に検査する。つまり当日、盗みやすい仕事場で働いた部隊が検査されるのがふつうである。そこで、今日は検査されそうだという連中は、利益は半分という約束で、例えば鉄条網の修繕などをやっていた兵隊に持ち帰ってもらうという方法を考えだした。しかしそううまく連絡がつくとも限らないし、それに兵隊が勝手を知ってくると、職場がどこであっても倉庫まで遠征して盗んでくるのは大胆でさえあれば簡単なことである。鑵詰などにふれない職場の方が持ち帰るのには好都合ということになっていった。

そのうち英軍も被害が相当なものであることに気がついて、念入りに検査しはじめた。しかし全員を精密に検査すれば何時間もかかってしまう。その労働は大変だ。そこでかれらもうまくなって一計を考え出した。はじめの少人員を念入りに検査する。待たされている兵隊は、こりゃいかんというわけで盗品を全部もとへもどしたり、捨てたりする。そのころを見はからって残りは一度に無検査でどっと通してしまう。

イギリス兵も実は検査などしない方が楽なのだ。検査自体が面倒くさいし、盗品を発見したらしたでその処置がうるさい。その品物の出た作業場監督の責任問題にもなる。発見したときはいやというほどなぐりつけておしまいにするのはそのためである。だから厳重に検査する人間は、新兵か、特殊な性格の男か、日本人を憎んでいる男かである。軽蔑したり嫌悪感を持っているのは大部分だが、憎んでいるのは珍らしい。そういうわけで「検査ぐせ」のあるのは三人に一人ぐらいで、兵隊たちはそういう男の人相を覚え、帰る前に斥候を放って今日の門衛は誰々で、危険かどうか判定するようになった。この斥候の報告の適中率は七、八十パーセントに及んだからたいしたものである。

とにかく、いかに検査がおこなわれようと持ち出すものは持ち出す、まっぱだかにされない限り持ち出す。兵隊たちは相手の出方より常に一段上の手段を考え出して、それを実行していったのである。

その持ち出しの方法をここに書くことは、私たちの捕虜生活の一つの記念にもなる。思いつくまま列挙してみよう。

はだかにされても宝石の密輸ではないし、ふんどしまで脱がされることはない。まず私たちはふんどしのなかに袋をつくってそこにミルク罐一個が入るようにした。しかしこれは偶然のことから発見され、その後は棒切れで股の下から叩かれるようになって失敗した。

平たい鑵などはズボンのバンドのところの内側にポケットを作って入れておけばまあ大丈夫、腹に力を入れてうんとふくらますと上から叩いたくらいでは絶対にかくしてあることはわからない。サーディン（いわし）の油漬やチーズの小鑵などこうして持ち出す。しかし、これもやがて発見され、バンドをはずさせられるようになってしまった。

私たちはたいてい英軍の長いズボンをはき、その裾を幅広のゲートルで巻いていた。現在警官のやっているあの方法である。この方が靴のなかに砂もはいらないし、行動も自由で、日本のゲートルよりよほど合理的である。ズボンはたいへん太い。その裾のところを二重にして、足首、それも両側からさぐったのではわからぬようにうしろへ鑵詰を巻きつける。二重にすると鑵を入れていることが外からわからないからだ。しかし、この方法もズボンをまくり上げさせられるようになって不可能となった。

そこで知恵者がいて、上から袋をズボンのなかへたらし、鑵詰を入れ、ゆるいゴムバンドで結びつけ、ズボンの裾と一緒にまくり上げられるように工夫した。もう一つはひざのうしろに巻きつける方法である。両脇から叩いて裾までおろしてゆく検査ではひざのうしろはわからない。ズボンのバンドをはずさせられる。ふんどしのなかには何のしかけもない。今度は裾をまくらされる。裾も何ともない。完全にズボンを脱がされない限りひざのうしろは盲点である。こういう方法で困るのは、いざ精密検査というとき捨ててしまうのに時間と手間がかかることである。このためとうとう見つかるものが出てこういう名案もおじゃんになったが、それは帰還のすこし前で実害はすくなかった。一年ちかくこの方法は誰も見つからず偉力を発揮したのである。

度胸のいいのがさらに名案を考えだした。袋を一つずつ肩から脇の下へかける。その上に半袖の短いシャツをはおり、疑いをすくなくさせるため、わざとボタンをかけず前をあけておく。ズボンも半ズボンにする。ヘソも見えるようにズボンも下の方にはく。こんな素直な恰好をしていると検査も簡単、ホールド・アップさせたまま前から簡単にポケットをたたき、腹に手をあて、こんどはうしろを向かせて同じことをくりかえすだけですむ。

それでは袋はどうするのか。ホールド・アップを高々としないのがコツである。何も盗ってないのに面倒なという顔をして、前を向いて検査されるときはそりかえり、二の腕をつかって袋をうしろへやってしまう。うしろを向かされるときには、ちょっとおじぎするようなふりをして、ぶらさがった袋を前にまわしてしまう。このやり方はよほどの熟練がいる。しかも実弾入りの自動小銃の前でいかにも青天白日のような顔をしてやって見せるのは大変な度胸もいる。

だからこの方法の模倣者はさすがにすくなかった。数人の一流の猛者たちだけだった。泥棒にも名人達人がいるのではないかと、私が思うようになったのは、こういう連中が示してくれた芸当のせいである。

検査をパスするには度胸がいる。臆病で正直な男が、たまたまチョコレートの包みか何かをやっとの思いで腹まきに入れて出ようとする。とチョコレート一つで顔色が変っているから、たちまち「ヘーイ、ストップ」とやられ、見つかってなぐられたりする。一度つかまるとこりてしまうのがたいていであった。

あるとき私たちは酒類を移動さす仕事に当った。ここは食料品関係ではタバコとともにもっとも厳重な警戒のあるところである。内部にさらに金網の柵がしてあって、そこにいろいろな酒が入れてある。係以外はイギリス兵といえども立入りできない。

ところで、この仕事の仲間に一人の名人がいた。かれは、ウィスキーのびん、わたしたちが現在よく見る七〇〇ccぐらいのをなんと八本も持ってきた。とにかくそれはスコッチ・ウィスキーで、当時の私たちには宝物のような貴重品であった。それをかれは、両脇に二本、背中に二本、半ズボンの足に二本ずつ袋に入れてぶらさげた。おりから雨季の最中でみな雨合羽を厳重に被っていたが、かれだけはシャツをわざと捨てて上半身はだかとなり、半ズボンをはき、短いマントのような合羽を首に巻いたままという恰好をした。何もかくすところがないように見せかける魂胆である。だが八本は、いかにも無理と思われた。背中の方はよいとしてもズボンの方はすごくふくれていかにもおかしい。第一、歩くのにガニまたで何とも奇妙である。これで検査場を通ろうというのだ。酒の持ち出しはうるさい。私たちはおそれて何も身につけなかった。

いよいよ検査場へ近づく。いまにも惨劇がおこりそうで、私たちは他人事ながら戦々兢々、しかし、かれはいちばん先頭、うしろに立ったりするとかえってあぶない。マントをうしろへはねのけ、ヘソまで現わして悠々と（重さのため四股《しこ》を踏んだような歩き方になるからどうしても悠々と見える）背中からチラチラと袋がのぞくのも知らぬげに進んで行く。看視兵はかれのヘソを見て苦笑し、片手でその腹をパンとたたいた。「オーケ、ゴー」二番目からは例のとおりの検査がはじまった。ヘソ戦術は成功し、イギリス兵はそれに気をとられて検査を一瞬忘れてしまったのである。私たちは検査をうけながら半ば茫然として、悠々と四股をふみながら離れて行くその姿を見送るよりほかはなかった。

あまり私たちの泥棒がうまいので、イギリス兵は躍起になり、いろいろ検査方法を変えたり、日本軍指揮官に厳重な警告をしたりした。しかし持ち出しはやまない。衣類の方は、靴、靴下、ズボン、上衣用のシャツなど一通り揃うと、みんなもうそれ以上のことはしなくなった（もっとも、なかには「除隊用」と称して何もかも身に合った新品で別に一組揃えたひどい連中もいたが）。だが食糧はそうはゆかない。それにタバコがほしい。それと交換するための鑵入りミルクがほしいのだ。

さて、検査を終って場外へ出るとビルマ人が待っている。「マスター、ミルク・タバコ交換」「カンヅメ、買う」大変な騒ぎである。両方ともビルマ語日本語まじりのなんとも奇妙な交換風景だ。不思議にもこのビルマ人たちは持ち出して来た人間を一瞬に見破る。ホッとした顔つきをしているからかもしれない。

私は盗むのは下手だが、心臓が強いのかどうか表情が変らないらしく、持ち出しは上手であった。だからよく運搬係をたのまれた。分け前は半分かそれ以上になる。酷使し尽くされるはずの万年初年兵で、身体もあまり丈夫な方でない私が、捕虜生活に耐えられたのは、この持ち出しの才によるところが多い。つまり顔がきくようになり、労役に追いまわされることが減るからである。ビルマ人はそういう人間をすぐ見抜くから、私などたちまちつけまわされた。「マスター、ミルク、ミルク交換」と手を握って離さない。ここではよくインチキなタバコをつかまされるので交換しない方がいい。「何も持ってない《ムシーブー・ムシーブー》」とことわるのだが、必死の表情で雨合羽をつかまえ、「マスター、持っている《シーデ・シーデ》。交換お願い」と離さない。方々で交換をやっている。イギリスの看視兵が見ている。「あれだけ検査したのにまだ持っていやがる」といった、いまいましそうなというよりあきれたような顔だ。しきりに首をふっているのが多いが、これはイギリス人のくせなのだろうか。ちょっとよい気持になる。このように泥棒したことがわかっても、そこはやはり大国の国民である。決してつかまえに来たりはしなかった。つかまえたりすると検査して通させた自分の落度となるからかもしれない。しかし日本兵だったら徹底的に追及するだろう。俺を馬鹿にしやがってという劣等感が強いからである。この点はイギリス兵ののんびりさがうらやましい。

ある英軍下士官が私たちを検査しながら言った。「これだけやっても、お前たちはみんな何か持っているだろう。日本人《ジャップ》は泥棒にかけては魔法使いみたいな奴らだ」と。表題に「神様」としたのは、それを日本軍用語に翻訳したのである。

演劇班と泥棒

私たちの収容所では演劇班がつくられた。最初は舞台装置や衣裳もありあわせのものを使い、出し物も漫才や踊りぐらいのものであった。女形も出たが「武運長久」と書かれた鱶《ふか》よけの赤ふんどしを帯に使ったりする有様だった。出演者も他の者と同じように作業に出た。

しかし後になると、出演者は病人用としてもらえた休みの人員をさいて演劇専門者にまわしたので、かなり手のこんだ出し物が見られるようになった。こうなると衣裳や舞台装置が問題となる。もちろんそういうものが英軍から支給されるはずはない。そこで兵隊たちは大いに泥棒技術を発揮してそれを後援した。

こうして捕虜生活も一年になると、舞台はまったく驚くほど充実した。

演劇班には、映画会社の助監督をしていた人もいる。上野の音楽学校の先生も、バレーの振付をやっていた人も、仕舞や三味線のお師匠さんもいる。村芝居の経験のある人などにいたっては無数である。映画や演劇の脚本をそれこそ一言一句暗記している人もいる。

演劇班は、歩兵の三個連隊、野砲、野病というふうに三つ四つに分立し、土曜の夕方ごとに一班が出演する。相互の競争意識が強く、稽古は数週間かかってみっちりやるから、相当見ごたえあるものとなった。私たちは土曜の夕方、たっぷり三時間も演劇をたのしんだ。当日は作業から早く帰ったものが、競争で仲間のための席取りをやる。喧嘩でけが人まで出るという騒ぎであった。出し物は『無法松の一生』『暖流』などから、新作戯曲まであった。

「野病がうまい」「いや三六《さぶろく》（歩一二六連隊の原隊番号）の方が充実している」と、観客も連隊単位にひいきにする。自分の連隊に対する熱の入れ方、援助、したがって泥棒もだんだん大仕掛けになる。

舞台の引き幕は、それまで収容用の天幕の廃物で暗灰色の汚いのをつかっていた。ところがある日行ってみるとそれがあげ幕とかわり、引き幕として淡水色の涼しげな生地に、花模様を描き、ところどころ刺しゅうのある豪華版が出現していた。「さぶろく寄贈」と大きく刺しゅうしてある。二間と五間ほどの大きいものである。部隊総出で、どこかの英軍部隊の大天幕の内布をそっくり〝工面〟してきたものだと聞かされた。

こうなると他の部隊のものも黙っていない。あっという間に、実にいろいろ趣向をこらした幕が舞台を飾ることになり、係はどの幕をつかうかで頭をなやますほどになったのである。

私には演劇そのものよりも、看板や舞台装置が、まるで手品のように出来上ってゆくことの方がはるかに面白かった。歌舞伎の似顔絵や文字看板の専門家がいて、竹矢来の上に兵隊役者の芸名を書きつらねた板をならべ、小さいながら京の顔見せの看板そっくりなものが作られたことがあったのには本当に驚いた。

床山《とこやま》さんも専門家がいて、ドンゴロス（麻袋）をほぐしてそれをそめ、丸まげも、島田も、パーマネントも、おかっぱも、ももわれも、何でも本物そっくりにつくりあげた。ここまでは泥棒の必要はないが、そろそろ泥棒用品がいる。まず衣裳だが、これはパラシュートの布を盗んでくれればよい。絹製で白地だから染色に便である。それにペンキか何かで模様を描く。

ゆかたやはかまはもちろん、訪問着や紋付、羽織などもわけなしである。『暖流』のときだったか、舞台に洗面台が出来ていて、水道の栓をひねるとたちまちジャーッと水が出た。パイプからタンクからすべて〝工面〟してきて取り付けたものである。それにしてもあの大きい陶器の洗面器など、どうやって検査を通過したのだろう。マイクやスピーカーは無線隊の連中が、英軍通信隊で手に入れたものである。照明装置もフットライトその他いろいろ設置された。こういうものは主に英軍自動車のヘッドライトを取りはずしてきて改造したのである。色ガラスもいろんなところから集めたものである。変圧器ももちろん盗品を材料にしての自家製である。

ひいきの役者には個人的に贈物をするものも現われた。出演者も役者気分になった。

私の連隊に小柄な美貌の女形がいた。この少年兵士はすっかりスターであった。作業にはときどき出ていたが、屋内の軽労働で、いつも早く帰っていた。そういうことには兵隊も文句は言わなかったようである。陽当りへ出るときは「うち、日にあたると黒うなってかなんわ」と言って手拭ですっぽり顔を包んでいたから呆れたものである。

こういうスターたちに指輪や帯どめ、首かざりを贈るのだ。たとえば指輪である。石は自動車の尾灯にある真赤なガラス。あれを割ってとって来て菱型の部分をとり、縁をヤスリで美しく磨く。台の輪の方は砲金のパイプがよろしい。見つけたら最後それが船についていようが車についていようが、たたき折ってくる。それを金のこで細く切り、細い破片で台を作り、ハンダでつける。ハンダもこてもすべて盗品だ。それでもちょっと見にはどうしてなかなかの製品となった。

この指輪は、プレゼント用ばかりでなく、インド兵にも売りつけた。砲金は磨きたては十八金そっくりだが、すぐ艶を失ってしまう。だからガーゼで絶えず磨いていてインド兵に見せる。とにかく大変光っているから、かれらは驚いて、でもけちだから値切ったつもりで、タバコ五、六箱で取引する。しかし砲金はすぐ輝きを失ってしまうのでニセ物だということがばれて、よく文句を言われた。罪なことをしたものだが、安物タバコの四つや五つでルビーを買おうという方も欲がふかすぎるようである。

ビルマ人の盗み

ビルマには泥棒が多い。住民の三分の一が坊主で、三分の一がパンパンで、三分の一は泥棒だという悪口があるくらいである。

それでもタイよりはましだと聞かされていたが、戦争中から泥棒には悩まされつづけた。これは捕虜中にちょっと覗くことができたかれらの活躍の一端である。

埠頭での使役があった。それは鑵詰倉庫の整理である。ビルマへの払い下げ品だということで、日本兵のほかにビルマ人やインド人の苦力《クーリー》たちが多勢来ていた。

ときどき、ドンゴロスを肩にしたビルマ人が私たちの働いているところへやって来て、奥へ入ってはまた出てくる。しかし荷物を運んでいる様子はない。変だと思ってついて行ってみた。すると集積してあるミルク罐の箱のいくつかの横腹が破られ、かなりの罐が抜かれている。だが、あぶない。上に積んである箱の重みで下の箱がへしゃげ、重みが罐にかかってきているのにかれらは無理に抜いているのである。上の箱が傾いて落ちてきたら命がけだ。

私はビルマ人のあとをつけて行った。すると四、五人が集まってコンクリートの床を覗いている。私が来たのを見てパッと散った。その時二人が横にあった箱を二つ三つよせかけて何かかくしたらしいのを私は見てとった。好奇心にかられてそっとそれをのけて見ると、床のコンクリートに十センチほどの穴が開いている。下をのぞくと、キラキラと水が光った。イラワジ河の水面なのだ。そこには三、四艘の丸木船が群がっている。この丸木船の上に罐詰が見える。他の舟のボロ布で被ってあるのもそうらしい。つまりかれらは内外呼応して協力作業をやっていたのである。

これは邪魔をしたと思ったがもうおそい。私は四方にいる苦力たちのギラギラした視線を感じた。かれらがなぜ逃げたのかその理由ははっきりわからない。かれらのなかにまだ、かつて自分たちを使っていた日本人に対する尊敬や警戒が残っていることは確かだ。しかしこの場合は泥棒仲間の本能的な警戒であったろう。私はニヤリとして、箱をもとにもどし、ちょっと手をふって大丈夫だという合図をして見せてもとへ帰った。

その昼休みのことである。私は仲間からはずれて埠頭の先へ出、箱に腰をおろして河を見ていた。強烈な太陽の下で四、五隻のイギリス船が河中にイカリをおろしてしきりに荷下ろしをやっている。潮の満干が激しいので外航船は岸壁につくことができない。

仲間は少しでも休みがあると涼しいところを見つけてみな寝てしまう。私はどうもうまく寝られないので、いつもぼんやり坐っているより仕方がないのだ。遥かな異境での捕虜奴隷、口惜しさとみじめさが身にしみる。風はまったくなく、汗がふきだし玉になって背をつるつるとはしる。うぶ毛の先は全部塩で白くなっている。この調子では四十度をこえているだろう。

「マスター、シガレ」

いつのまにか私の前に一人の若いビルマ人が立ち、私にビルマの葉巻《セレ》を差し出していた。真赤なロンジ、白い、しかし汚れたワイシャツ、頭には紙製の中折帽、肩からビルマ風の布のカバンをさげている。苦力の監督らしいことは一見してわかる。

「有難う《チェズテンマーレ》。何か用か」

ビルマ語で問う。かれの答えははっきりしたビルマ風日本語だった。

「穴のこと、誰にもいいません、ね。あなた心よろしいねか」

私はふとうしろに人の気配を感じた。ハッと思うまもなく、背に小刀がつきつけられていることを知った。鑵詰を少しばかり盗んだだけなのに、大げさなことをする連中だ。私たちがイギリスに義理立てするとでも思っているのだろうか。

大変危険なはずなのに不思議なことにはちっともこわくない。度胸なんてものではない。捕虜でやけくそになっているのか、暑さでボーッとしているのか、こういうことにだけは鈍感になっていたようである。

「心配するな。誰がいうものか。しかしいまに見つかるぞ」

「ありがと、マスター。心配ない」

しかし、この泥棒たちは失敗した。倉庫のなかでの失敗ではなく、丸木船の連中が捕まってしまったのである。一方私もこのときの約束を破らねばならぬ破目になった。

数週間後、私たちはまたここへ働きに来た。このとき監督のイギリス兵曹長が、いたるところに穴のあいた箱を見て、しきりに日本兵は泥棒ばかりだというような言葉をはいて怒る。人は悪くなさそうで、気が小さい頑固ものらしい。面倒くさいし、こういうのがこじれると仕事の上で面倒になる。私はこの曹長を穴のところへつれて行ってそれを見せ、ビルマ人がどういうふうにそれを利用していたかを、通じにくい私の英語で大童《おおわらわ》で説明した。

かれは大いに驚き感心した。腹ばいになって下を覗いたり、手を入れたり、しきりに首をひねった。しかし、ビルマ人ならかまわないと言う。なぜかと聞いてみた。「この倉庫の品物は全部ビルマ政府にひきわたしたので、あとはビルマ人の誰かが得をし、誰かが損をするだけでイギリスとは関係ないからだ」というのがその答えだった。

かれはあとで二、三のイギリス人をつれてきて何かしきりに相談している。ビルマの泥棒の営業妨害になったかとちょっと気になった。しかしイギリスはさすがに大国である。その日働いていたビルマ人は捕まりも調べられもしなかったらしい。またその後だいぶ経って一度だけここへ作業に来たが、その時も穴はやはりもとのとおりで、荷物でかくされたまま残っていた。

イギリス人少佐の盗み

英軍の糧秣廠や被服廠、そこはまるで泥棒の寄り集まりであった。

日本軍捕虜、ビルマ人、インド人の苦力、荷造り修繕の大工などとして来ているシナ人、それを警戒するインド兵、糧食や衣服を受領に来るインド人の自動車運転手や係の兵隊――これらすべてみな隙あれば物をとろうとしている泥棒たちである。

イギリス兵も、全部とはいわないまでも、かなり悪いことをやっていたようである。私たちはよくタバコや時計などの貴重品まで盗むといって叱られた。たしかに少しは盗んだ。しかし、そういうものは廠内でも、さらに頑丈な金網や鉄格子で囲まれ、日本兵などに取り扱わせないのがふつうである。それらの物品の盗人はイギリス兵が大部分だったように思う。泥棒しなかったのは夜警に立っていたグルカ兵ぐらいであったろう。

私たちはあるとき糧秣廠の門衛として立っていた。捕虜としては奇妙な役目である。もっとも正規の検査はイギリス兵がやる。私たちは第一次検査である。積荷証を見て自動車のナンバーを記入し、余分に何か積んでいないかをたしかめてOKをする。すると向うの方にいるインド兵が、踏切の遮断機のような棒をあげて通すという次第である。イギリスの植民地統治策「分割《ディヴァイド》し、そして統制《コントロール》せよ」を地でゆくやり方のような感じがした。

もっとも私たちが門衛では、イギリス人には効果がなかった。「何も記入するな《ノット・キープ・アウト》」と命令して持ち出して行ってしまうからである。最初は調子が変で失敗談もあった。あるときイギリス兵が自動車に乗ったまま「記入するな」と怒鳴った。それに対して私たちの小隊長は「イエス」と答えてしまった。すると奴さんは驚いてとんで来て帳面を見ている。「ノー」と言うべきだったのだ。小隊長はそれに気付いたが慌てていたので「イエス、ノー、ノー」と言った。しかしこの省略日本英語は通じない。納得させるまで大分かかってしまった。

なぜ私たちが門衛に抜擢されたのかわからない。日本兵が隠匿品を摘発したことがあったからかもしれない。インド兵やビルマ人との仲を悪くしようとしてか、あるいは日本軍に誇りを持たせようとする親切心なのか、どうもわからない。インド人やビルマ人には、まだ日本軍への恐れが残っていたのでそれを利用しようとしたと考えるのが妥当かもしれない。

ある日、私たちの小隊長であるC少尉と私の二人だけが門衛として立っていた。イギリス兵はいない。受領トラックも出入しない。いたって閑で退屈した。小隊長はどこで手に入れたのか哲学辞典などを読んでいる。

そこへジープがやって来た。一人で運転しているのは副所長のイギリス人の少佐である。日本軍とおなじくここでは少佐といえば大変なもの、私たちは少し慌てて敬礼をした。すると少佐は何も言わないで車から飛びおり、パッと車のかげにかくれた。そして首だけを車から出し、手をエンジンボデーの上にのせてパンパンというような声を出している。

私たちは呆気にとられたが、どうもそれはピストルをうつまねをしているらしいことに気がついた。しかし何の冗談なのかわからない。ホールド・アップと言っているらしいので、手をあげると、少佐はニヤッと笑った。子供がいたずらしているようなちょっとテレくさそうな顔である。

その瞬間、以心伝心である。私たち二人はほとんど同時に悟るところがあった。これはまったくの冗談ではない、見逃せ、記入するなというジェスチュアなのだと。だから同時にこちらもニヤッと笑って手をあげ、うしろ向きになって壁につかまると、そのままジープは行ってしまった。

「空車だ。何をしようとしたんだろう」小隊長は不審がったが、同じ泥棒仲間の私にはもうわかっていた。あのジープの踏台の上に置いてある補助ガソリン・タンク、あれがくせものだ。そんな余分のガソリン入れなどいまでは必要はない。あのタンクの側面は取りはずしができるようにしてある。英軍の誰がやったのか、副所長ではないだろうが、彼も知っていたのだ。

私はまえにあのジープを掃除させられたとき、イギリス兵の前で誤まってその横ぶたを蹴りはずしたふりをし、慌てた恰好をしながらそれを調べてみたことがある。日本兵はお前らのやり口をちゃんと知っているぞ、というデモンストレーションのためである。かれらが何を持ち出すのかと念のためにおいをかいでみたら、ガソリンではなく、たしかにタバコのにおいがした。鑵入りが主だからにおいがするはずはないのだが、そこは戦時である。私たちは鑵詰でさえにおいでかぎ分けたのだ。つまり、一つか二つはこわれてにおいがすることになっているのである。

私たちは、この少佐に、白人の現地妻（おそろしく品のない女で、いつも口ぎたなくわめいており、鼻がとんがり、身体中にしみができ、真赤な口唇と真赤な洋服の毒々しい、とても本国のイギリス人とは思えない女だったので現地妻と考えたのだが)、さらにはビルマ人の囲い女もいるということを聞いていた。少佐はおそらくその費用に苦しみ、タバコを持ち出して金にかえていたにちがいない。

この少佐は、のちに悪事が露見して左遷されたということである。真面目そうな、感じのいい紳士であったが、あのすれ切ったような女のどこがよくて泥棒などしたのだろう。黙って通ればよいのに、あんな無邪気なテレかくしをしてみるのは人が好いからに相違ない。

イギリス人の性的エネルギーのたくましさには、私たちはただ驚き呆れさせられることが多かったのであるが、このときは羨しいといった気持よりも、かれらがまったく哀れでみじめな動物に見えた。毛だらけのその胸や手は、例の「禿鷹」同様、人間よりゴリラを思わせた。

しかし、あの副所長はなぜあんな冗談みたいな動作をしたのだろうか。そのまま通過することは何でもなしにできたはずである。この少佐があんなことをしたのは一回だけではない。私は他の人からも、そういう経験をしたと聞かされた。イギリス人独得のユーモアで、泥棒と関係ないのだろうか。いつもは冗談なぞまったく縁がないという顔をした男であるから、単なる冗談ではないと思う。日本の軍人なら、あるいは私でも、持ち出すのに絶対にあんなことはしない。こういう点は好感がもてるが、どうもイギリス人と日本人とは何かにつけてお互いにわからないことが多い。

捕虜の見た英軍

青白きインテリはいない

私たちは二年間捕虜としてイギリス人に接した。そこから見たイギリス人というものは、私がそれまで受けた教育やいろいろの知識、あるいは日本に来ていたイギリス人教師から描いていた姿とはおよそちがったものであった。

いったいどちらが本当の姿なのであろうか。

もちろん私たちは捕虜という異常な環境のもとでかれらと接触したのである。その上、接触といっても、イギリス人は自分たちと日本人の直接交渉をさけ、インド人を間に入れたがったから、私たちにとっては離れた存在ではあった。だからここで私の知ったイギリス人というものは、その全貌を露呈したというにはほど遠いものかもしれない。しかし私は、こういう接触ではあっても、普通の交際では知ることのできない、イギリス人が意識的無意識的に被い隠しているであろうその本質に、部分的にでもふれたという実感をおさえることはできないのである。

まず外観からはじめよう。イギリス兵の服装は、日本のように士官と下士官・兵のような劃然とした区別はない。士官であるかどうかは腕にある階級章で区別できるだけである。この点はアメリカ兵と同じである。ところがそのうち私たちは遠くからでも一見して区別できるようになった。動作や態度とか、そういうものからではない。そういう点の差は階級よりも年齢にあることは日本と同じである。動作や態度ということからいえば、イギリス兵は士官・兵を問わず全体的に実に堂々としたものであった。

イギリス兵が立派に思われたことのもう一つの原因は、かれらがなぜか孤独に淋しげに見えたことであった。どういうところがと問われると困るが、この印象は私だけでなく、多くの兵隊たちも強く感じたものである。一人でぽつんと広場に立ったりしている場合、それは言いようのない淋しい影を持っていた。笑顔を見せたことがないからかもしれない。しかし孤独は人を崇高に見せるものでもあった。

私は下士官の集会所の掃除などをよくやらされた。そこで安楽椅子に腰をおろし、パイプなどをくゆらして悠然として談笑しているかれらの姿は、落着きはらった威厳があって、さすが世界の支配者である貫禄を見せていた。日本人は士官でもとてもこう堂々とはいかない。

もっともこの紳士がたが読んでいるのは、この頃の日本の週刊誌のような、ヌード写真や演劇やスポーツのゴシップを盛ったグラフ雑誌以外にはない。会話もそんなものだろうが、全然何をしゃべっているのかはわからなかった。

こういう点は士官も同じである。かれらもあまり上等の書物は読んでいなかった。ただ士官の会話にはところどころわかる単語が出てくる。どうも発音や用語が、下士官とは全然ちがうらしいのである。

しかし私たちが一見して士官と兵とを区別できたというのはそのことからではない。それは、体格、とくに身長である。五尺七寸余（一・七五メートル）の私より背の高いのは下士官や兵ではすくない。五尺四寸くらいのものがすくなくないのである。しかし士官は、大部分が六尺以上もあると思われる大男で、私より低いものはほとんどいなかったのである。

体格も下士官や兵には見事なものは多くない。かえって貧弱だなあと思うような男もすくなくなかった。しかし士官は老人以外はほとんどが堂々たる体軀で私たちを圧倒した。かれらに接したときほど日本人の体格のみじめさを感じたことはない。十七貫（六四キロ）ちかくにはなっていた私などでも、かれらと比べるとまるで蚊トンボであった。しかも体格だけではない。動作が生き生きとして自信にみち、しかも敏捷であるのが目立つ。

どうしてこういうことになったのであろうか。英軍の階級制度は日本とはちがって一般の社会構成をかなり正確に反映している。一般人が応召した場合、短い訓練期間ののち、かれらはもとの社会的地位にふさわしい階級をうけ、それに適合した兵種にまわされるのがふつうである。ことに階級と社会的地位はよく対応する。極端な場合かもしれないが、次の例を示すことができる。

私たちの主な作業場の一つにイラワジ河岸に設けられた造船・修理場があった。ここには英本国の二、三の造船工場から召集された人が多く来ていたが、もとの造船工場の階級がそのまま適用されていた。伍長《コーポラル》は職工組長、会計係長は中尉、会計課長は少佐、工場長は大佐、技師は大尉や中少尉というふうにである。

私はほんの少し英語ができ、ときどき通訳めいたことをやらされたので、二、三の将校に、お前は何者だと質問された。「京大を出て、あるカレッジの講師をしている」というと、ウソを言うなと叱られるのが常であった。大学を出た男が兵卒であるはずがない、講師であれば中尉以上にはなる、お前はスパイ役か何かの特務工作員で英語の訓練をうけた男ではないか、と疑うのである。

こんな会話の下手な特別工作員があるはずはないが、日本軍の将校で英語のまるでできない人が多かったのでこういう質問も出たのだろう。しかし私の会話力では、日本軍の特殊性を説明し納得させることはとてもできなかった。あいにくかれらは、日本憲兵の悪印象から、こういう特務工作員めいたものを憎んでいたので、私などひどい目にあわされたこともあった。

この例が示すように、英軍の階級は社会秩序をそのまま反映しているといえる。とくに士官と下士官・兵との間には、これでも同じイギリス人かと思われるほどの差がある。士官はいわばホワイト・カラーであり、下士官・兵は労働者である。下士官・兵にもホワイト・カラーが少しはいるが、それは幹部候補生としてのそれではなく、下積み的な事務屋である。

このこと自体は別に不思議でない。近代国家のなかで日本だけが特殊なのである。戦後になって、戦前の日本の国家や社会に対し、ブルジョア国家だとか、独占資本の支配だという定義がされるのを聞くごとに私は不思議に思った。ブルジョア国家だったらブルジョアが軍隊も支配できるはずだ。しかし日本の軍部という特殊世界にはブルジョア社会の片鱗さえもない。一般社会の体制は軍隊のなかでは完全に無視されている。常時ならともかく戦時の軍隊は国家の支配秩序をある程度反映するものであろう。そうだとすると日本の社会はブルジョア社会でなくて封建社会、すくなくとも絶対主義社会である。支配者は職業軍人である。もし戦時の日本の軍隊が特殊世界なら、このような途方もなく大きい特殊世界の形成を許す社会はブルジョアが支配しているとはいえないだろうと。

そのことはさておき、このような士官と下士官・兵の差、とくにその体格の隔絶といってよい決定的な相違は眼を見はらすほどのものであった。

士官と兵隊が一対一で争うとする。たちまちにして兵は打倒されてしまうだろう。剣やピストルをとっても同じことと思われる。士官たちは学校で激しいスポーツの訓練をうけている。フェンシング、ボクシング、レスリング、ラグビー、ボート、乗馬、それらのいくつか、あるいは一つに熟達していない士官はむしろ例外であろう。そして下士官・兵でそれらに熟達しているものはむしろ例外であろう。士官の行動は、はるかに敏捷できびきびしているのである。

考えてみれば当然である。かれらは市民革命を遂行した市民《ブルジョア》の後裔《こうえい》である。この市民たちは自ら武器をとり、武士階級と戦ってその権力をうばったのだ。共同して戦ったプロレタリアは圧倒的な数を持っていたが、そのあとかれらが反抗するようになると市民たちは力で破砕し、それを抑えてきたのである。私たちはこの市民の支配を組織や欺瞞教育などによると考えて、この肉体的な力のあったことを知らなかった。

「なるほど、プロレタリアは団結しなければ勝てないはずだ」

これは労働運動をやっていた一戦友のもらした冗談でもあり、本音でもあった。

日本の市民層はこのような歴史を持たない。自分たちの利益を守るために武力を用いた経験などまったくもっていなかったと言えるであろう。

私たちは〝青白きインテリ〟ということばにならされてきた。戦前戦後を通じ、教養と体力とは本来的に別物である、別物であるどころか対立物であるというのが私たちの観念でさえあった。日本ではこのような考え方はある程度事実に対応もしていた。今日でも大学の競技の選手が読書家だったり優等生だったりすると、人は不思議だという顔をして「だから弱いんだ」と言ったりするのがふつうである。

このような事情を、近代国家ならどこの国でも同じだと考えるのはまったくの誤まりである。それは日本の特殊な歴史によって生み出された特殊な結果でしかない。私たちは市民社会を旧武士階級から与えられた。旧武士階級は、一方は官僚や政治家、一方は軍人となったからである。そしてその保護育成のもとでは肉体的な力を養う必要はなかった。その代り、武士階級の一部は武力を背景に、軍人として支配階級の一隅に、いや、その頂点にどっかと居すわり続けてきたわけである。

もちろんヨーロッパにも〝青白きインテリ〟ということはある。しかしそれは本来合一のものであった肉体的な力と精神的な力が分離しはじめたことに不安をもって言われているのである。日本のように肉体と精神が本来的に別個のものであるとの考えの上に立っているものではない。

私たちは階級ということばをしきりにつかう。もちろん階級とは何ぞやという問題はむずかしい。論理的にはそれを認めても、具体的にそれを認識することはなかなか難しい。すこしでも自分たちの意見に賛成しない人は全部対立階級に見える人だっているのである。ただマルクスの見たイギリスのブルジョアというものの具体的な姿は、私たちが観念的に見ている日本のブルジョアなどとまったくちがったものだということは確かであろう。

イギリスのブルジョアとプロレタリアは、身体から、ものの考え方から、何から何まで隔絶したものなのだ。イギリスの士官と兵はまったく同じ服装をしている。それなのに、英軍の階級についてほとんど何の知識もない私たちにもはっきり見分けがついた。それは同国人とはとうてい思わせないほどの人間類型の相違を見せているからである。イギリス軍人に接した私たちは、階級という意味をまざまざと見出すことができたのである。一般社会ではこのようにあざやかに両者を団体として対比して眺めるわけにはゆかない。鋭い社会分析能力をもつ人ならば、この区別を帳面づらではかぎ分けられよう。しかし肉眼で見えたろうか。

イギリスについてずいぶん学んできたはずの私たちは、ここまで鮮かな対立があることを知らせてくれる研究や報告に接することは稀であった。そしてそのままに、イギリスの階級対立と日本の階級対立を無造作に同一視してきたのである。当然の結果として、外見的にも隔絶した差異があるなら、その内容にも差異があるはずだという問題が提唱されることはなかった。

イギリスの交通巡査、あの背の高いユーモラスな交通巡査は、このごろなぜか募集難になったという新聞記事があった。イギリスで背の高いものが減ったのだろうなどと解説がついている。私はそれを読んでにやりとした。英国通をもって任ずる日本人でも、この程度である。巡査という職業へはいわゆる上層からは出願しない。イギリスの巡査は道をたずねると親切に案内してくれたりするが、そのときお礼としてチップを差し出すと「ありがとう」と受けとってポケットに放りこむ。チップをもらうような職業人の社会的地位は低いのだ。一七〇センチ以上という巡査になるための条件は士官階級にはいくらでもあるが、下士官・兵の階級にはきわめてすくない。好景気になれば募集難になるのは当然である。

算術のできないイギリス兵

イギリス人はいれずみが大変好きである。これも士官はやっている人がすくないが、下士官や兵士はほとんど腕に何か彫っていた。濠州兵というのは本国兵にくらべるとずっと程度が悪く別人のような感があるのだが、ここでは士官もいれずみをしているものが多かった。

かれらのいれずみは、たいていは恋人の名らしいものを彫り、それを動植物で形どったものである。ある年少の濠州兵の二の腕に、燕が紙片をくわえて飛んで行き、その紙片に「母へ」と彫ってあったのが私の印象に強く残っている。ただ To my máther となっていたのが気になった。

イギリス兵のこのような綴字の誤まりはけっして珍らしいことではない。erをa、thをz、yをiとかaiにすることなど、ほとんど当り前のことであった。私たちは兵舎の紙屑を掃除するときなどよくその手紙の書きつぶしを見た。すごい金釘流で綴字も文章もでたらめなのが大部分である。マザーをmazaとしてあったのさえあった。

文章や字の誤まりは、ただそれだけのことだからよかったが、私たちを驚かせたばかりでなく大いに迷惑をこうむったのは、かれらの計算力である。

私たち捕虜はすでに述べたように、よく食糧や被服の倉庫で働かされた。この集積所へはラングーン近くの各部隊からトラックで品物を受けとりに来る。たとえば罐詰だと、チーズ何オンス罐いくつ、ハム何々罐いくつなど伝票に書いてある。伝票によってちがうが、例えば「チーズ四オンス罐一〇〇〇」と書いてあるとする。そしてそのチーズが四八個入りの木箱に入っているとする。その伝票によって係の兵が、私たちにそれだけ積めと命令し、私たちがそれをトラックに積み、受けとりに来た兵が確認する。さらにそのトラックが出口で伝票を見せ、看視兵によって確認され隊へ帰ることになる。

するとこの場合、四八個入り木箱が二〇で九六〇、あと四〇をバラで積めばよいことぐらい暗算ですぐできる。係のイギリス看視兵はさすがに経理の担当者だから、この勘定にそれほど困らない。私たちが積んだのを見て「ＯＫ」と言う。しかし受けとりに来た方のイギリス兵たちは四〇のバラ積みの理由がわからない。「ここには四八あるのに、こっちには四〇しかないのはなぜだ」と言う。手帳を持っているのは一生懸命計算している。手帳を持たない準備の悪いのはトラックのボデーに鉛筆か何かで一生懸命書いて計算している。この計算に二十分もかかるのがいた。

一度その手帳をのぞいてみて驚いた。四八に四八を足して九六と答えを出し、さらに四八を足して一四四として、また四八と二十回足しているのである。もちろん途中で何回も計算をまちがえているから、とても九六〇にはならない。トラックには下手くそな驚くほど大きい字でいろいろ計算したあとがある。三ケタの数を三回足したりすると大変である。何回やっても答えがちがうのには私たちの方が驚いてしまう。なかには「ヘーイ、ジャニイ」と私たちを呼びつけるのがいる。計算しろというのである。一回で計算してみせると、しきりに首をひねっている。

この場合は、ただ笑って眺めていればよいのだからいいが、積みこみ作業のときにかれらの計算力に遭遇すると大変である。私たちは汗水たらしてせっかく積んでいるのに、イギリス兵はすぐ途中で数えまちがえてしまう。二〇〇箱積むとする。横に六個、縦に九個、それを四段に重ねれば一番上の段は三八個でよい、それで二〇〇になるという場合、例によってややこしいことになる。一つ積むごとに指を折って数えているやつがいる。間違いやすいし、一度に二個積んだりすると完全に間違える。説明しても分らず、はじめから積み直しというう目に会わされる。濠州兵には、一〇以上の計算ができないとたしかに思われる連中が多勢いた。

イギリス兵のこういう能力の低さというものは私たちの想像の外である。私たちのうけた初等義務教育のゆきとどいていること、それもかなり程度が高いものであることは大いに誇りにしてもよいことではなかろうか。

収容所入りして間もない頃だったと思う。捕虜のための新聞や文芸パンフレットをつくることになり、所長の許可を求めたことがあった。英軍の幹部なら日本軍がみんな字を読めることぐらいは知っている。しかし所長は程度の低いイギリス人であった。「日本軍のなかに字が読めるのは何人いるか」と訊ね、「全員読める」との答えを聞いて本当にしなかったそうである。真偽をたしかめるためであろう、作業に出る部隊をつかまえ、自由に読み書きできるものは手を挙げろとやった。全員が手を挙げたことは勿論である。所長は驚き、しかしさすがは正直に、イギリスにはとてもこれだけはいないと言って許可をくれたのである。

イギリス兵の責任感

読み書きや計算ができないからといってイギリス兵を馬鹿にしてはいけない。かれらは実に責任感が強い。言ったことはかならず守る。私たちが感心したその一例をあげてみよう。

ある材料廠へ作業に行ったときのことである。そこはイギリス人部隊ばかりでインド兵はいなかった。約束の仕事を終えたのは二時頃だった。監督の若いイギリス兵が帰ってもよいと言った。しかし私たちが隊列をつくってそこを出ようとすると門衛が許さない。他の日本兵が全部一緒になるまで出門は許さないという。ごてごてしていると誰かが伝えたらしくイギリス人の中尉がやって来た。他の職場で働けという。兵隊たちは怒って坐りこんでしまうし、引率の私たちの少尉はイギリス人中尉にどなられ青くなっている。監督の兵の名を挙げて説明しているのだが、英語はうまく通じないし向うも若い。こうなるとその兵士の名でさえもイギリス人には通じないのである。私たちの英語は相手がよほど冷静になってくれないと一言も通じない代物であった。

一時間ほど揉み、坐りこみを続け、英軍から処置云々ということになって一同これは帰れない、うっかりすると徹夜だ、と覚悟しだしたときである。問題のイギリス兵が通りかかった。少尉が走って行って事情を訴えた。その兵士（伍長《コーポラル》だったかもしれない）はうなずいて毅然とした態度で英軍中尉殿のところへやって来た。一言、二言、中尉は威厳を損じ青くなって怒り、仲間を二人呼んで相談をはじめた。

こういうときのイギリス人の態度は面白い。他の将校はそれを見ても知らん顔をしている。職務外の事には口を出さないし興味もなさそうだ。この中尉は捕虜係だったのか、よほど干渉好きだったのだろう。だがさすがにかれもまたどこへも届けに行かない。事件が公けになれば私たちは命令不服従としてひどい目にあうはずだが、その代りかれの面目も立たないことになるのだろう。このような些事で英軍全体が動くことは大英帝国軍の面子もあってできないのだろう。こういうときは、私たちはおそくまでとめおかれ、悪くて英軍司令部から日本軍へ当該部隊を処罰せよという通達が来るのがおちだ。それも通達が来たという話は聞かされたが、実際に処罰されたことはないからわからない。おそらく日本軍司令部か、一般将校かが握りつぶしていたことと思われる。兵隊から反感を買うだけだからだ。私たちはそれを知っているから、ビクビクしながらも坐り込みをしているわけである。

そのイギリス兵は、ゆっくり何事かを話しだした。「私の責任で仕事を終えさせた」と言っているらしい。中尉は承知しない。両方の声がしだいに大きくなり、とうとう中尉はその兵を突きとばしてしまった。私たちはこの兵士に感謝したが、同時にこれはえらいことになると不安がった。兵士が反抗したら上官に対する罪になる。イギリスの軍紀は厳正だから位階を下げられるぐらいのことになるかもしれない。兵士の身の上を心配した同僚も集まって来た。こうなると階級の対立でもある。

しかし話はまとまった。私たちは新しい仕事を課せられた。近くのボロ小屋をつぶせという命令である。三十分か一時間ぐらいの作業であろう。それでも兵隊たちは大いに不服でなかなか立とうとしなかったが空腹には勝てない。とうとうやってしまおうという声が出て作業にとりかかった。まず柱に縄をかけて引き倒し、はめ板を棒でぶんなぐった。そのとたん新しい監督の下士官は「オーケ」と言って作業を止めさせた。

「よろしい。小屋はこわれた。私たちはこわせといっただけで、こわしたあとを片づけろとはいわない」

こう言ってかれは、行ってしまった。この間五分、一種の大岡裁きである。しかし例の伍長は、この相談がまとまったときも不興気で、日本の中尉に、

「英軍が約束にそむいた。まことに遺憾であるが許してくれ」

と言いに来たそうである。

こういうことは、私たちにも、インド人の世界にもないことであった。私たちは自分を日本帝国そのものだと考えるような気概はなかった。忠勇な臣民という自覚は、自分が国そのものという考え方と相容れないものであった。また自分の約束をここまで守ろうとする一徹さもない。日本軍の、命令には絶対服従というのは、長いものには巻かれろという心理の基礎の上に立っている。その長いものが正義の具体像でないかぎり拒否すべきだというイギリ

ス人のような信念は持てなかったようである。

「イングリ」とインド兵

イギリス人にくらべるとインド人はまったくちがう。

私たちの作業の現場監督者はインド人の軍人であることが多かった。しかしインド人の約束ほどあてにならないものはない。これだけの仕事をすれば帰してやるという。そのとおり早くすます。するとちょっと待て、もうこれだけやれという。それをすますとこれだけやれという。際限のないのがふつうである。また約束どおりの仕事をしても、いやこういうこともやれといったはずだといって承知しないのもインド兵のくせである。インド兵はだいたい、私たちに大変好意をもっていたのに、これはどうしたことだろうか。

インド兵はいつも英軍に実権を握られ、おどおどしている。なるほど階級はそれぞれついているが、インド士官の命令系統にイギリス人の兵が入っているということはない。イギリス本国兵は新兵でさえ、インド人に対しては士官であろうが下士官であろうが、まったく無視するような様子を見せていた。無理に軽蔑しているのでもなく、腫物にさわるようにふれないようにしているのでもない。インド兵の存在を全然認めないような態度である。私たち日本人にもイギリス兵が話しかけることは絶無に近かったが、インド兵とイギリス兵が、何かの公的な交渉以外に話を交しているのも見たことはない。よくまあインド人はこのような最高の侮辱に耐えられるものだと感心するよりほかはない。

インド兵は割合寛容で、仕事についてもあまりうるさく言わないのがふつうである。しかし、上官のイギリス人からやかましくいわれるためだろう、むやみに仕事をさすことがある。無理を言うなというわけで交渉してみると、イングリがやかましく言うから仕方がないと言う。しかも困るのは、どうも英軍のご機嫌をとって自分の成績をあげようとするものがあることである。

インド人はみんなイギリス人を「イングリ」といって極端に恐れる。黙って監督をしている男でも、その付近にイギリス人が現われると途端に顔色が変る。その「イングリ」が自分の直接の上官であろうが、兵隊であろうが、それはどうでもよい。認めるやいなや「イングリ」とかれらは叫ぶ。それから「イングリ、イングリ、カモン、カモン」の連発である。近くに来て作業でも見ようものなら気が狂ったように私たちを督励しはじめる。立ち去ってしまうとやれやれという風に坐りこんでしまうといった調子である。

はじめのうち、私たちはインド人のこういう態度を笑止千万なことだと思っていた。しかし、おそろしいことに、私たちもいつの間にかイギリス人を畏怖するようになっていた。私たちはだんだんインド人を甘く見るようになったが、それと反比例して「イングリ」を特別扱いにするようになっていったのは、まったく恥しいことだが事実である。インド人の「イングリ」ということばにかれらと同じような恐怖を覚え、イギリス人の監督だと、インド人が監督のときのような落着きがなくなり、サボることもできなくなっていた。

インド兵はこちらの文句に対し口ぐせのように言った。

「自分はそうは思わないのだが、イギリス人がそうせよと言うのだ。仕方がない。やってくれ」

私たちは捕虜である。仕方がない。しかしインド兵が心からそう思っているらしいのはまことに淋しかった。インド軍はイギリスから協力を要請されて戦ったのではないか。対等のはずではないか。インド人、それはイギリス人に対するとき、どうにもならないほど弱々しく、卑屈で不安気であった。私たちに対してさえそうであった。調子にのった日本兵は、監督のインド兵に対し「おいインド、つぎは何をするんだ」という応対をするようになった。ことばは通じなくとも調子でわかる。怒りだすインド人もいたが、多くは何事もなかったように英語で応対した。

私はいまでも、そういうときのインド兵や軍属の淋しそうな笑顔がまぶたに浮かんで、心からすまないと思う。私自身もそのようなことばをつかった覚えもあるのである。

現在のインド人もそうだろうか。あるいはあのときのインド兵はイギリス人と絶えず接していて気弱になっていたのかもしれない。またあまりに日本人を買い被りすぎていたのかもしれない。私たちはおかげでずいぶん得をしながらも、もうすこししっかりしたらいいのにと、他人ごとながら気にやんだことが再三あったのは事実である。いまのインドではどうなのだろうか。

剛健愚直なグルカ兵

私たちの看視兵《サントリ》にははじめの間ネパールのグルカ兵があてられていたが、半年ほどたってインド兵に代った。グルカ兵は馬鹿正直で勇敢で規律正しく剛健愚直の見本みたいなもので、戦争中も第一線に立ち日本軍をさんざん苦しめた。看視兵としてもイギリス人にはまったく忠犬といった恰好だった。個人的にはいい男ばっかりだったが、私たちにとってはとにかく難儀な代物であった。だからこの看視兵がインド兵に代ったときは本当にホッとした。

それまで作業場で接していたインド兵は、シーク教徒は例外として圧倒的な好意を私たちによせていた。あまり私たち捕虜が悪いことをするものだから後には反感、軽蔑を示すようになったインド兵もいたが、それは私たちのせいである。ともかく最初は神様扱いだったといっても嘘ではなかった。

看視兵《サントリ》の交代した最初の日、私たちのトラックに颯爽と乗って来たのは十七、八歳の少年兵である。おろしたての軍服、白の弾帯と靴被、着剣のキリリとした姿はグルカ兵と変らない。私たちはみなニコニコと親愛の意味をこめてかれを見やった。小さな拍手もわいた。この可憐な少年兵はジロジロ見られて真赤（といっても真黒だが）になり、身のおきどころもなさそうにしていたが、とうとう最後部の席に坐ってしまい、うしろの方ばかり眺めていた。

もっともインド兵には規律はあまりない。この少年兵も作業場へ着くなり弾帯もはずし、上衣をぬぎ、銃も放り出して日蔭に坐りこんでしまったのである。グルカ兵はどんなに暑くてもボタン一つはずさず、日本兵の誰かが作業場から離れると便所までついて来たものだったが。

このあまり忠実なグルカ兵には私たちも腹が立ってちょっといたずらをした。交代でわざと遠い便所へ行くのである。かれはびっくりしたような顔でついてくる。何度も何度も暑いところを往復する。軍装したグルカ兵は真赤になり汗だらけになってくたびれ果ててしまう。

このグルカ兵に「菊」部隊の収容所《キャンプ》で日本兵が殺されたという噂が伝わった。もともと私たちには英軍からつぎのような布告がきていた。

「収容所をめぐらす鉄柵に接近禁止。近づいたものは逃亡の意志ありと見なして射殺す」

しかし私たちは日本の禁止条項に馴れていた。「芝生立入厳禁」「禁煙」のあれである。それに限らず日本の法律は、大体おどしか訓辞みたいなところがある。だから裁判官でも法をできるだけ拡大解釈したりすることのできる人を名裁判官といったりする。法を法文どおりに厳守するというのが立派な裁判官とされるヨーロッパとは大分事情がちがう。

私たちは、英軍布告も日本の禁令のようなものだと思っていた。それに私たちは立小便をする習性がある。ついでにふれておくと、私たちはイギリス人はやらないと教えられていたが、それは嘘だった。すくなくとも濠州兵はよくやっていた。がけの上から何かふってくると思ったら、濠州兵が私たちの隊列めがけて小便しているのだということもあった。私たちは鉄条網の棒ぐいなどあると、ついそこへ行って立小便をしたくなるものである。あるとき作業へ行くため整列していた兵隊が何人かバラバラと付近の柵へかけよった。もちろん出発前に小便をするつもりだった。とたんにグルカ看視兵の自動小銃が火をふき、何人か倒れ、一人が死亡したというのである。グルカ兵が発砲することは私も経験した。それはおどしのためだったが、この噂は「菊」のことかどうかは知らないが本当らしかった。

私たちはカンカンになった。イギリスの布告は、教訓でもおどしでもないことはやがて私たちも経験する。しかし、このときはまだわからなかった。鉄柵に接近すれば、銃殺されることは知らされている。禁令を破った日本兵も悪い。しかし何も殺さないでもよいだろうという例の日本人的感情である。グルカ兵には戦争中もひどくやられた。復讐してやろう。しかし、殺すわけにはゆかない。犠牲の方が大きいにきまっている——。

そこで私たちは一計を案じた。私たちの作業場に電気熔接をやるところがある。そこへグルカ兵をうまく連れこんだ。子供のような単純なかれらはこういう作業をとくに喜び、珍らしがって眺めることを知っていたからである。はたして熔接作業を見て大いに好奇心をそそられた様子である。「面白いだろう《カウネ・ラ》」「うん、面白い《カウネ》。面白い《カウネ》」珍らしいものを見たら見飽きるまでジッと見ているかれらのことである。一生懸命に強烈な閃光を見つめている。

一時間もたたないうち、さすが無比な目をもつグルカも眼を焼かれて貧血をおこし倒れてしまった。「ざまみろ。一週間くらい眼がいたくて起きられまい。大成功」というわけで、つぎの日からそういう手段がここの作業隊に申し送られることになった。十日も続いたろうか。あまり同じ場所の看視兵が毎日倒れるので英軍が調査し、グルカ兵に見学を禁止させてこの計画は終ってしまった。いまから考えると、ずいぶん可哀そうなことをしたものだと思う。ちょっと比類のない純朴な連中であった。

こんなこともあった。

何かの作業の昼飯の際、グルカ兵たちが残飯を捨てているのが見えた。飯といってもかれらの食事は粉を平たく鉄板上で焼き、それに豆のカレーあえをのせてたべるのである。その頃は一日一合ぐらいの米しか与えられず飢餓状態にあった私たちは、さっそく見に行った。はたして上残飯（軍隊用語で、個人に分配しないで残った食事の意）が捨てられてある。グルカには片言の英語が通じる。私は恥も外聞もなくそれを分けてほしいとたのんでみた。うなずいたらしい様子なのでもぎとるように容器ごと持って隊員のところへ帰った。奪い合いの大騒ぎである。平等に分けることに一決して分け終ったが、私は夢中になっていて容器を返すのを忘れていた。食べ終ってから気がついた。

三十分ぐらいもたっていたろう。あわててもとのところへ行くとその兵隊は、それこそ私に容器をとられた姿のまま、手を前に出してポカンと一人で待っていた。途中で止まった映画みたいだ。「すまない、すまない。どうもありがとう」と容器を差し出すと、ニヤリと笑ったきり怒りもしないで受けとって、おくれて具合が悪いのだろう、鉄砲玉のように全力疾走して帰って行ったのである。

こういうことから考えると、グルカ兵の発砲はただ軍規に忠実なだけでやったことだったろう。怨んだのは筋違いだったようである。

この馬鹿正直なグルカ先生にも泣きどころがあった。それはかれらが大変女好きなことであった。それを知った兵隊たちは、ちょいちょい女を利用してからかった。グルカは片言のビルマ語を知っている。日本の兵隊と同程度だ。だから会話にはビルマ語がつかわれる。

「美しい女がいた《カウネ・メマ・シーデ》。大層大層美しい《ミヤジ・ミヤジ・カウネ》」「どこだ、どこだ」「あっちだ。遠くに見えるあの家の向うだ。たくさんいる」

そこでグルカ兵はご苦労にもとっとと走って行き、さがし廻って、汗を流し帰ってくる。「いたろう《シーデ・ラ》」「いない《ムシブー》」「いや、さっきたしかにいた」「あそこにはいなかった」「いやもっと向うだ」そこでまたとことこ走って行く。かれらは疑うことを知らないのかもしれない。

私は面白半分に絵をかいてかれらに見せたことがある。すると自分の肖像画を書いてくれと言う。似ている顔がかけるほど上手ではないので、仕方なしにできるだけ美男子に書いてやると大喜びで、ポケットの上の略綬をしっかり書けと言う。赤鉛筆でそこだけ色をつけてやる。子供のように顔をくしゃくしゃにして、

「故郷に帰ったら見せて、本当に自分がもらったんだ、この勲章は拾ったのではないという証拠にする」

と言う。何ともあどけない顔である。そのうち女の絵をかけ、裸体をかけ、猥画をかけと言いだした。猥画だけは勘弁してもらって女をかく。上衣から乳房がのぞいているところなどいいかげんにかいていると、ケッケッケッケッと嬉しくてたまらないような変な笑い声をたてて夢中で見ている。

I班長がこれを知って計画をたてた。会田に絵をかかす。自分がそれをグルカ兵にふれまわって看視兵をそこに集める。他の兵隊はその間に泥棒をするというのである。十分ぐらいもたせろという。つぎの作業のとき早速実行する。女の顔を丁寧にかきはじめる。I班長が

グルカ兵を二、三人集めてきた。かれらは一心に見ている。早く身体をかけという。そううまくはかけない。脇の下から冷汗がたらたら流れる。班長が状勢を伝えてくる。「攻撃隊出発」「戦果拡大中との入電あり」「いましばらく持久を乞う」「攻撃終了」

グルカ兵は下手くそな女の絵を奪い合いしている。

インド兵の見た日本軍捕虜

グルカ兵も、ビルマ人からあまり好かれてはいなかったが、私たちには愛想のよいインド兵はビルマ人から徹底的に嫌われていた。

収容所の生活も一年あまり過ぎた頃のことである。私は収容所の入口の歩哨に立っていた。といっても棒切れを持って立つだけで、名目はいろいろあるが、要はビルマ人などの出入を防ぐためである。つまり泥棒の看視である。一個小隊のインド兵が警戒に当り、武装して収容所の周囲を見廻っているはずなのだが、このころの看視はもういい加減なもので、日本兵の逃亡の防止にも、現地人との接触の防止にも何の役にもたたなかった。収容所の道一つ向うにある人造湖、ヴィクトリア湖への水浴も自由だったし、こっそりと遠出をする日本兵もいた。

私たちの労働に対して英軍からはもちろん一銭の金も支給されなかったし、収容後一年間以上タバコは与えられず、二十二年度に与えられるようになってからも週二十本でしかなかった。身廻り品は不足だらけだった。そこでは現地人との交渉は一切禁止されていたはずなのだが、私たちはいろんなものを盗んだり、作ったりしてそれを売り、現地人から不足なものを買うようになっていた。タバコ、米、生野菜、歯ブラシ、歯ミガキクリーム、針、そういう英軍から支給もされず盗んでくることもできないものをビルマ人やインド人からこっそり買った。

水浴場がその取引場所で、しまいには近くの部落のビルマ人の物売小屋が立つという騒ぎになった。この取引に専従していたビルマ人は近くの二つの部落の住人であった。そこはかつて日本軍の慰安所があったところだと兵隊たちは言っていた。「私は日本軍のお嫁さんだった」という女たちと話をしたことがあるから本当かもしれない。とにかくこの村人は日本軍に義理を立ててか何かわからないが、イギリス人やインド兵を絶対に近づけなかった。私たちは作業の帰りにこっそりとこの村に入りこみ、買物をしたり物々交換をやっていた。

ところがこれがちょっと派手になりすぎた。収容所の所長はそのときインド人の中尉か何かであった。イギリスに留学し、かなり親英的な思想の持ち主だったらしいが、しかしやはり日本人にも好意は持ち、私たちにも寛容であった。かれから日本軍の司令部に注意があったらしい。私たち中隊のS小隊長は司令部に友人がいてそのことを聞いてきた。

「ここは通路に面していて、英軍の眼にふれている。自分はいままでも幾度か日本軍に注意をうながしてきたが改まらない。自分の黙認はこれまでも英軍の許容度を越えていたが、ここまで大っぴらにやられると、イギリス当局の耳に達した場合自分の立場がなくなる。今後は取締まるから諒承されたい」

こうしてインド兵は収容所付近のビルマ人を追い払いはじめた。しかし蠅のようなもので、その追放はうまくゆかない。私たちも依然として交換を続けていた。しかしすこし面倒になったのは事実である。収容所に帰ってくるときも検査をやりだした。鶏を買って来て見つけられ、鶏はコケッコ、コケッコと逃げだす。インド兵も日本兵も大騒ぎしてつかまえたが、結局没収され、インド兵の腹の中にはいってしまったこともあった。インド兵はこういうことで味をしめ、ときどき入所検査をしては獲物を没収する。これには困った。こんなことからインド兵とも気まずくなってきた。

インド兵による取締まりは当然近所の部落に及んだ。ビルマ人とインド人とは仲が悪いから、インド兵たちはこれ幸いとそれらの村々を「やっつけた」ことと思われる。

さて私が歩哨に立っていると、一人の男がこちらの方に逃げてくる。うしろに一かたまりのビルマ人が棒か何かもって追いすがってくる。見ると追われているのはインド兵である。武装も何もしていないところを見ると非番で休暇をとっていたのであろう。服も裂け、顔を打たれたらしく一筋の血が流れている。追って来たビルマ人のなかには女の姿も見える。

ところがこのインド人は自分の衛兵たまりの方へは行かず、私の方へ逃げてくるのだ。いきなり柵内へとびこみ、ひざまずいて私に抱きつき「ヘルプ・マスター、ヘルプ・マスター」と泣きだした。鼻の下にひげを生やしているが、やせて背が高く、善良そのもの、温順の見本のような顔をしてふるえている。捕虜のところへ看視兵が逃げてくるなんて聞いたこともない。おそらく自分の隊へ行けば懲罰になるからだろう。

それに私も気がついていたことがある。インドの兵制がどうなっているのか知らないが、大きくは宗教各派の信者別、地方別、カースト別に隊が異なっている。ほかに理由があるかもしれないが、いずれにしても他隊のものには大変不人情である。極端に対立し、いがみあっているのもある。この男はいま警備している隊の所属ではないはずだ。そういうこともあって衛兵所の方には行けなかったのかもしれない。

気の毒でもあり、おかしくて仕方がないが、どうしていいのか私も途方にくれた。ともかく手まねで、うしろの幕舎の蔭にかくれさせた。ビルマ人たちは二十メートルほどはなれたところに一団で立ちどまってガヤガヤ言っている。何か私に叫んでいるらしいが、私のビルマ語理解力では何を言っているのかさっぱりわからない。土の塊や板切れをインド兵の方へ投げるものがいる。石を投げないのは石がないからである。このイラワジ河の沖積平原のまった中では、石を探し出すことはできない。火山灰のまじった粉のような、土、土、土の世界である。

私は手を振って日本語で「帰れ帰れ」と怒鳴った。もうあたりはうす暗い。湖から帰ってきた兵隊が二、三人、どうしたんだと寄ってきた。わけを話すと「渡したれ、こんなインド」と無茶を言う奴がいる。例の検査で何か没収されて怒っている男なのだろう。可哀そうに、そんなことができるものか。そのうちビルマ人は看視兵に見付かるのを恐れて渋々退散してしまい、かくれていたインド兵も「サンキュー、サンキュー」と言いながら身づくろいしてどこかへ行ってしまった。

おそらくこの兵隊は事情を知らずに、その部落に遊びに、おそらくは女を買いに行ったのであろう。この貧しい部落にとって三千の収容所の兵隊との闇取引はありがたい収入源である。それをインド兵に絶たれた。ビルマ人は単純だからあまり原因を追及しない。とにかく商売をぶちこわしたインド兵に対し腹を立てていたので、それやっつけろということになったのだろう。こういったことは他の二、三の兵士も経験したそうである。イギリス人のところへも、仲間のところへも逃げて行けず、捕虜のところへしか逃げて来られないインド人も憐れである。といっても日本人が信頼されているという自慢もできない。

はたしてインド人は日本軍をどのように見、どのように感じていたのだろうか。

インド兵たちは、私たちが衣類を供与されず、タバコも与えられず、給与はもちろんもらえなかったことを知っていた。にもかかわらず、私たちが捕虜としてそれほど見苦しくない服装をし、タバコを吸い、金でいろいろものを買うのにかれらは驚嘆していた。さらに私たちは演劇班すら持っていた。道具方も、役者も演出家もそろった立派な演芸班である。泥棒隊の後援で舞台装置も衣裳もたいしたものになっていたことはすでに述べた。楽団もできた。吹奏楽器はイギリス軍から借りたものだが、ヴァイオリンやチェロ、マンドリン、ギターなどは、すべて自分たちで作ったのである。

インド兵はこの土曜の演劇・演奏会をよく見に来た。高級士官であろう、素晴らしい乗用車で、美しいサリーをまとった妻子を同伴してくる人もいた。このインドの婦人は彫りがふかく、当地のインド人やビルマ人とは段違いに美しく見え、兵隊たちをよろこばせたが、手鼻をかむのが幻滅だった。立居振舞が上品だったからなおさらである。

「春のおどり」など、小柄な兵士だけでつくった舞踊隊が、踊りながら桜の造花をまく。インド兵たちは本物だと思って、

「日本軍はどこに女たちをかくしていたのか」

と驚き、しきりに私たちに問いかけたほどだった。見に来ていたインド士官の子供たちは、親が教えたのであろう、造花をもらったりすると口々に「ヘイタイサン、アリガト」と叫ぶ

のである。むやみに粗暴になっているとともに、むやみに涙もろくなっている私たちは、舌のまわらぬこの子供たちの声を聞くと一度に涙が出てきて弱った。

インド兵たちは、この無から有を生み出すような日本兵の能力に、驚くというより呆気にとられたようである。それに作業でも、大工や左官をはじめ機械工などは到底インド兵とは比較にならぬ能力を示した。これにはインド兵だけではなく、英軍当局も驚いたらしい。そうなると英軍は商売がうまく、私たち捕虜をビルマ人やシナ人などの民営工業などに働かせ、ちゃんと金をとるようになった。

私たちがサボっていたら、ビルマ人監督がブツブツ言っている。問いただすと、「マスターたちの給料はビルマ人よりうんと高いのだから、もっと働いてくれ」と言う。私はかれの持っている英軍の『日本捕虜使用について』というパンフレットをとりあげて読んでみた。いろいろ書いてある。

「日本兵は仕事をやれやれと強制すると反抗してかえって動かなくなる。自信が強いからなるべくおだてて使うとうまくゆく」

「時間制だとサボるから、請負制にしろ。ただしよく手を抜くから監督に注意しろ」

など。そして「日本兵の能力はインド人やビルマ人労働者の七、八倍であり、技術もすばらしい」とあり、だから「専門的技術者については七ルピー、一般労働者四ルピー(この数字は記憶に乏しく確かではない）支払え」とある。なるほどビルマ人より数倍の高給である。これで私たちの衣食住をまかなうということであったが、あの待遇では大分中間搾取がひどいようだ。

インド兵はこのような日本兵に尊敬の念を持ったのだろう。その点はたしかに私たちはえらい。しかし私たちの精神的な気概、たとえばイギリス兵に対する態度や民族的自覚などは残念ながら情ないかぎりであった。個人としてはよくても、群衆となると手におえぬ馬鹿なことをする。この点、戦前も捕虜中も現在もちょっとも変りがなさそうだ。私たち日本人は、ただ権力者への迎合と物真似と衆愚的行動と器用さだけで生きてゆく運命を持っているのだろうか。生意気にそんなことも考えさせる状況であった。

黒い皮膚をめぐって

何度も述べたように、インド兵はほとんどすべて、私たちに対して絶対的と言ってよいほどの好意を持っていた。はじめてインド兵の兵舎へ働きに行ったときなど、大げさに言えば救世主が来たような騒ぎであった。

その好意が全インド兵に共通であったかどうかは断定できない。純アーリアン系の、そしてターバンをまいた背の高い例のシーク教徒たちには好意的でないのもいたからである。おそらくは背の低いモンゴル的な私たちに対する人種的な異和感もあったろう。しかし私たちとよく接触したのはマドラス付近の兵隊で、顔立ちは立派で明らかにモンゴル系ではなかったが、背は高くないのが大部分であった。

　ともかくかれらは、まず皮膚の色で私たちに親近感を持った。私たちに近づき、腕をくらべ合わせて、

「どうだ、同じ色だろう。私たちは兄弟なんだ」

というようなことを言うものが多かった。そう言われた兵隊は「お前は真っ黒だね」と言われた女の子のようにぷっとふくれた。

「あいつらは真っ黒だ。おれたちは焼けて黒くなったんで茶色だし、もともとは白かったんだ。同じことがあるもんか、なあ会さん」

と口をとがらせる。大東亜戦争のお題目であった「アジア民族の統一」という理想を、兵隊たちは皮膚感覚としては持ちえなかったのである。私はいまでもその戦友のふくれた顔を思い出して吹き出すのである。

　インド人と同じだというのに反撥するのは、人種的な意味ではない。「日本の女の人《メーマ》はもっと白く美しい。おれの女房はこんな真っ黒じゃない」という無邪気なことからきているのである。この地に住んでいてもシナ人の女にはどうかすると眼を見張るほど白い（ビルマで

はそう見えた）のがいる。日本人はあれだ、あれでないと困る、というのが私たちの信仰だったのである。しかし日本人が「おれたちは黒くない」という意識をあまり強く持つと、インドとの交渉の上で、将来楽観できぬ問題になるかもしれない。

それはとにかく、インド人が腕を合わせて「どうだ、同じ色だ、兄弟だ」と言うようでは、イギリスのインド人に対する日本人観教育も効果を挙げていないと言えるだろう。というのは私はつぎのようなものを読んだことがあるからである。

インド兵の宿舎で、私は『日本および日本人』という二、三十ページの薄い英文パンフレットを見た。一九四五年発行とある。内容はビルマの勝勢が圧倒的になった頃につくられたインドの新兵の教科書らしい。それにはこういう意味のことが書かれてあった。

「ドイツ軍は降伏した。ビルマの日本軍は敗退した。われわれの勝利は目前にある。しかしなお、数百万の完全に武装し、数年間独立して戦える戦備を持った日本軍が、マラヤ、インドネシア、南方諸島にいる。諸君はこれと戦い圧勝する決意を今固めてほしい。しかし勝利はもう絶対的に掌中にある。日本軍の降伏は近い。ここで今後、戦闘の敵として、あるいは捕虜として諸君が近い将来に接するであろう日本人というものをよく知る必要がある」

というような書き出しがある。そして、日本人には天皇のため死ぬのをおそれぬという奇妙な非合理的習慣があることだとか、仏教徒と自称しながらその仏教は君たちの本当に立派な宗教とちがう祖先崇拝というインチキなものだというようなことが書いてある。そのなかで私の関心をひいたのはつぎのような指摘であった。

「諸君らがやがて見る日本兵は実に醜悪である。眼は細く小さく、頬骨が突き出し、口はひどい出歯、鼻は低くつぶれている。足は短くガニ股で、背は曲がり、腹は突き出ている。かれらはこの醜さと、それゆえに軽蔑されることを知っているのだ。かれらの性格もまた狡猾であり、そのため嫌われることも知っている。そこでかれらは戦争をおこし、支配者となって威圧しようとしたのだ。諸君はこの醜い、低劣な精神の人間に反抗し、勝ち、その野望をくじこうとしているのである。云々」

実に不愉快だが、しかしこの指摘はある程度真実をついていると私は思う。

ビルマ人のことを日本兵は悪く言う。女性に美人がいないのが癪なのである。しかし公平に見れば色こそ黒いが、顔立ちは一般的に日本兵より本当のところ良いようである。インド兵にいたっては黒いからわかりにくいが、どうしてどうして体格、顔立ちともまことに立派であった。私たちよりはるかにすぐれて見えた。彫りの深いその顔も質朴そうだった。私たちに会うとたいていは微笑して見せる。あのような善良そうな表情は、そう日本人にはできるものではない。

それにインド兵には、とくにみっともないとか、とくに人好きのしない顔立ちというものはない。日本人のなかには、どう見ても神様もひどいことをすると思われるぐらいの顔がある。私たちがインド人の黒さだとか無知をあげてことさら軽蔑したのは、どうもその姿のよさに押されそうになることへの反撥があった。もっとも私たちの醜さのなかにも何か人に好感を与えるところがあると救われるのだが、どうも私たちにはそれがすくない。あるいは狡猾そうな、あるいは卑屈そうで油断がならないようであり、あるいは残忍そうでもある。

体格についてもこの記事の指摘のとおりだ。しかしこれは人種そのものの肉体的条件ではなく、徳川時代の圧政か、あるいは明治以来の激しい生存競争のせいかもしれない。あるいは私たちの美醜の判断が、あまりにヨーロッパの基準によりすぎるようになっているからかもしれない。日本人のよいところは外貌でも形でもなく、皮膚の色とか、こまやかさとか、うるおいとか、優雅な動作とかにあるのかもしれない。またそんなことでみずから卑下するのは馬鹿らしい限りでもあろう。

しかし私の言いたいことはちょっとちがう点にある。

外貌を気にするのはどの人種でも同じである。しかし私たちの気にしかたにはどこか異常なところがある。外見だけにとらわれるなという意見が説教的によく話されるが、私の知りえたかぎり、ヨーロッパではこのような教えは日本ほど強く切実ではない。顔は悪いが身体がいいとか、背は低いが金髪であるとかいった言い方はされるが、要するに外貌は外貌だけを問題にして論じている。美人は、それが悪人であろうと何であろうと美人であって、それ自体一つの絶対的な価値だということは、近代のヨーロッパの基本的な観念なのである。美の独立性の主張はこのような感情を基調としているのだ。

しかし日本ではそのような考え方を排撃することに非常に熱心である。しかもその反面、どこよりも審美的な国民である。たとえば「きたない」ということばが、あるいは卑怯、あるいは悪辣という意味を端的に表現するぐらい、すべての価値を美醜に還元する傾向がある。外来文化の摂取でも、文化自体よりも、その美に憧れたというようなところがある。たとえば仏教の教義よりもその仏像の美しさにひかれて信奉し、戦国時代のキリスト教の急速な伝播もマリアの姿のエキゾチックな美しさにひかれてのためだという説を私は読んだことがある。もちろんそれだけではなかろうが、反対に社会条件や教義だけで説明し切るのも無理なようである。

日本人のこのような態度は、自覚しているといないとにかかわらず、自分たちの容姿の醜さに劣等感を持ち、しかも過度にそれに敏感になっていることと関係していると思う。容姿を気にするなという説教が多すぎることは、気にしすぎていることの証明ではないだろうか。日本文化の粋というものが、古代や織豊政権期を例外として、いずれも正面きってのものでなく、それこそ奥の細道的なところに自分の存在理由を発見しているのは、そういうことと関係しているのではないだろうか。

国土が辺境にあるからこういう精神が成長したのだと説明できないこともない。しかしギリシアはどうだろう。古代ペルシアにくらべれば正に辺境である。しかしその文化の正統性、豊かさ、巨大さは日本と比較にならない。そこには暗さ、卑屈さ、ひがみ、いじけといったものがまったくない。その理由をギリシアが独裁制でなく民主制であったからだなどと説くのはヨーロッパ人の俗説である。最近私はあるギリシア史家から、その理由はギリシア人が容姿、とくに肉体の立派さ美しさに絶対の自信をもっていたからで、そういう自信を示す文献があると教えられた。たしかにそうでもあろう。こうなると日本人特有の見栄も何かそれと関係するように思われる。

インド人向けのパンフレットに関連して私の言いたかったことは以上のような意見である。そしてこれは推測であるが、戦後の日本人の体位の急速な改善は、日本人の心情の、ひいては日本文化の歴史的な変革をもたらすかもしれない。

インド兵の信頼を失う

最初は絶対的だったインド兵の日本軍に対する好意も、時の経過によりしだいにうすれ、どこか阻隔するものが現われはじめた。インド兵にも欠点があり、インド兵を作業監督の矢面に立てて衝突をはかったらしい英軍のやり方にも原因がある。しかし主な原因はなんといっても私たちの側にあった。

組《くみ》し易いとなるとすぐ増長するくせが私たちにある。重労働に対する反感が底流にあったので、私たちはかれらの言うことをきかず（英軍の言うことはかなりきくからなおいけないのだが）、おまけにインド兵の持物をわざとこわしたり、片っ端から何でも失敬したりしたからである。

部屋の移転をしていたときである。インドの下士官たちが仕事をしている部屋を通って荷物を運び出さなければならない。下士官のなかに万年筆を持って何かしきりに書いているのがいた。

「おい、あの万年筆とってみようか」

「そんなことができるものか」「賭けるか」「賭けるとも」。するとその兵隊はカーペットを巻いて肩にのせ、そのインド下士官の前でぐるりと廻った。カーペットの端がぬーっと鼻の先へ現われたのでインド下士官は万年筆を机におき、体をうしろにずらしてそれをよけた。すす早い手がその間に万年筆をつかみ、ポケットに入れてしまった。おや変だなとインド下士官が机の下をのぞいたり、帳面をもち上げたりしている間に、当人は重そうによろよろしたりカーペットをいろいろなものにつきあて、音をさせ、注意をそらしながら部屋を出ていった。ひどいことをやったものだ。こういう調子だからインド兵の信用を失ってしまったのも当然である。しかしそれでもインド兵は最後までよい友達だった。だから兵隊のなかには、インド兵は私たちの泥棒を警戒し恐れているだけで、日本兵を嫌っているのでないと楽観論を吐くものもいたのである。

歩いて収容所《キャンプ》へ帰るとき、英軍軍用トラックにあってインド兵の運転手と見れば手をあげる。大して用事がないかぎり多少のまわり道をしてもキャンプまで送ってくれた。こんなとき、えてして事故がおこった。一日の作業を終えた解放感からも、兵隊たちは「もっと早く」とか、「前の車を抜け」とか運転手をけしかける。インド兵も喜んで飛ばす。とうとう私の連隊にも事故がおきた。便乗したトラックが横転し、数人が重傷を負ったが、七中隊のK曹長はその下敷きになり、収容所へ運ばれた直後絶命した。

「戦争中は覚悟していたが、いまになって死ぬとは……」

これが最期の言葉だったそうである。無類におとなしい、いつもニコニコしている指揮官であった。不思議なことに、ちょうどその日内地からの通信が配布されていた。K曹長の奥さんからのハガキもあった。K曹長はそれを見ずに死んだのである。私たちは恐る恐る読んだ。

「私のところはお百姓さんでないので、戦後は貴方の月給ももらえなくなり、ずいぶん苦しみました。しかし皆さまの御助力で私の勤め口ができ、子供二人も元気で居ります。お父ちゃんを覚えているか、と聞きますと、もう忘れてしまったの、と言いますが、それでも、お父ちゃんもうじき帰るねとばかり言って居ります。私も病気がちで苦しいけれど、貴方のお帰りが近いと思うと元気になります。お帰りになるまでは、どんなことがあっても頑張ります」

という意味のことが書かれてあった。兵隊たちは黙って顔を見合わせた。とくに最後の言葉は致命的にこたえた。「おい、どうする」「おい、どうする」みな同じことばかり言い合っている。

「生きていることを知らせたからいかんのや。おれらだっていつ死ぬかわからんし、第一帰れるかどうかわからんやないか」

と怒りだすのもいる。どうしようにも、内地は無限の彼方である。捕虜であるということがこの時ほどこたえたことはなかった。

インド兵の信頼と尊敬を裏切るようになったのは、私たちが盗みを働いたことと、もう一つは、私たちの態度が卑屈なことにあったらしい。盗みの方はある程度理由づけられるし、いまから考えても大して悪いようには思えないが、卑屈の方はやはり恥しい。その点は日本軍に協力したため囚人扱いをうけていたインド国民兵の方がかえって立派であった。

あるインド国民兵士官は、捕虜でも士官は労働しないと言って、イギリス人がどのように罵っても蹴っても殴っても働こうとはしなかった。この人は、「捕虜は敵の作戦に使われる義務がないことは国際法で明らかだ。私たちはそんな労働はどうしても拒否する。お前たちはなぜ敵軍に助力するのだ」と言って私を責めた。私は「でも戦争は終ったでないか」と苦しまぎれに答えると、「インド国民軍は戦いをやめていない。最後の一人が倒れるまで戦いはつづいているのだ。お前たちの友軍もまだ戦っているはずだ」と答えた。ゲリラが出没していることは私も承知していた。面目を保つ返答ができず当惑した。

インド国民軍の人たちは、私たちがやらされたような糞尿くみとりのような不名誉な仕事はどうあっても拒否したようである。私たちも文句は言ったのだが、司令部が認めたとか言われ(あとで確めたところそれは事実であった)、結局長いものに巻かれた形になった。その当時は指揮士官の弱腰をののしったものだが、もっともこれは私たちの英語の下手なせいで交渉がうまくゆかなかったためもあったろう。ともかくこういうことはインド国民軍の信頼を大いに失わせる原因にもなったのである。

頼りないインド人

しかし、インド兵の態度にも文句がないでもない。それはかれらが自分の言動に対し無責任なことである。自分に自信がないことである。インド国民軍は立派であったが、イギリス側のインド兵はやはり「長いものには巻かれろ、戦いは誰かがやってくれる」という態度が濃厚だったことは疑えない。それをはっきり感じたのは、私たちが騒動を起こしたときのことである。割合いおとなしい捕虜だった私たちが、たった一度だけ起こしたその騒動のいきさつは、つぎのようなものである。

二十一年七月、日本から一隻の帰還船が来た。帰りたくて気の変になりそうになっている私たちにはこの上ない朗報である。その船を私たちは波止場の作業で見たのである。日の丸の旗はまだ揚げることを許されておらず淋しい思いをしたが、その船体が明らかに見なれたなつかしい日本のものであった。

しかし今回は半分ぐらいしか帰れないらしい。ここでこの船をのがせば残されたものは何年待つのかわからないのである。戦歴の長いものから帰すべきだとか、年齢順だとか私たちはいろいろ勝手に言い合ったが、結局ビルマ方面軍司令部では部隊単位に帰すことに決め、ラングーン地区では「菊」師団が帰ることになった。

「菊」師団は勇名で聞えた北九州の師団であり、ビルマの戦歴からすれば、都会育ちの私たち「安」師団とは比較にならないことはよくわかっている。しかし個々の兵隊にすれば精一杯戦ってきたという気持もある。それに私たちの多くは妻子持ちで、シナ事変をふくめ、少なくて二度、多いものは五回召集され、家業も何も無茶苦茶になっているものが大部分なのである。何が何でも一刻も早く帰らねば妻子はどうなるか、という焦りはちょっとわかっていただけないであろう。私も同じ気持である。私のことを書くのはうしろめたいが、兵隊の気持は明らかにしておきたい。日本はメチャメチャ、学問どころであるまいと思っていたら、この頃許されてはじまった故国からの文通によると、父母は幸いにも無事で窮乏に耐えていることまではわかった。だが父はもう八十歳に近い。十年以来病床に臥している妹をかかえどうしていることか。しかも私のいた大学の研究室では、仲間の大部分は召集されず、されても数ヵ月の内地勤務で終り、再出発の意気に燃えてもう勉強をはじめているという。こちらは一番大切な丸四年間をまったく空費し、頭も悪くなっている。一刻でも早く帰らねば、もう一年もこのままここにいたら前途の希望はまったくなくなってしまう。何としても帰りたい――。

こういう気分が爆発したのであろう。師団長会議で私たちの部隊が残留と決まったとの説が伝えられたとき、収容所内は沸き立った。残った部隊は、戦時中の英軍捕虜虐待の報復として無期限重労働に処すると英軍が言明したという大変なおまけまでその報告にはついていたのである。こういう放言を英国将校がしたということは事実らしい。

私は大地がずぶずぶと沈んでゆくような衝撃をうけた。兵隊たちの顔色も真っ青になった。外へ飛び出て何か叫んでいる兵隊の声が聞える。「死んだ方がましだ」とみな口々に叫び出した。「まあちょっと待て、本当かどうかわからない。師団長代理と会って話を聞いてみよう。すこしでも帰れるようもう一度たのんでみよう」そういう意見を出すものも出て、私たちはやりたつ戦友を抑えてともかく表へ出た。しかし直観的にこの話は本当だと感じ、絶望的になっていたのである。中隊長や小隊長が姿を見せないことは事情を知っているとしか思えない。

小屋から外へ出ると、もう収拾のつかない混乱であった。師団長代理は三六連隊の連隊長である。その独居小屋までたどりつくとすでに五、六十人がとり囲んでいた。スコップや棒をふりあげている連中もいる。「出てこい。もう一度話をしてこい」みな口々に叫んでいるが、連隊長は小さくなり奥に坐ったまま動こうとしない。連隊長を守ろうとした若い将校は、あっという間にふくろ叩きにされた。猛った兵隊たちは小屋を破って連隊長の首すじをつかまえひきずり出した。

私たちの属していた三十三軍の司令部はキャンプの向う側にある。その道を横切ることは特定の人間でないと許されなかった。しぶる連隊長をおし立て、ともかく向う側へわたって行くのを私たちは見ていた。連隊長はまったくどうにもならなかったのであろう。その姿はとても小さく悲しく見えた。師団長はいないし、大佐では上官閣下連中には頭があがらない。私たちの師団が戦歴がないことはわかりきっている。まるでわざわざ罵言の泥水をかぶりに行くようなものである。おそらく誰にも会わず司令部のキャンプの一隅に坐って夜を明かしたのではないだろうか。

兵隊たちがドラム鑵をたたいて騒いだりしたものだから事は大きくなった。「馬鹿なことはよせ、仕方がないじゃないか。みんな本当に死ぬ気があるのか」と鎮めに廻っている者もかなりいたようだが、昂奮はなかなかおさまらない。すでに収容所は何十台もの装甲車でとり巻かれ、収容所の隅々までライトが白昼のように照らし出して、それこそ蟻の出るすき間もない。自動小銃をこちらに向けて、今度はインド兵やグルカ兵とちがって、これまで私たちがこんなにいるとは考えなかったほど多くの白人兵が立ちならんでいる。誰かがとび出たら私たちはどうなっていたかわからない。しかし少しも恐怖を感じなかったのは不思議であった。もうどうなってもよいと思っていたからだろう。

しかし兵隊も昂奮がすこしおさまると気がついた、ここで騒いでも何にもならないことを。奇蹟的に助かった生命は大切にしなければならないのである。夜半になる頃には兵隊たちはみな宿舎に入って寝てしまい、ライトだけがあかあかと人影のない収容所を照らしていた。

あくる日からの数日間、どなられても蹴られてもほとんど誰も作業に行こうとはしなかった。抵抗ではない、気が滅入って動けないのである。

しかし、インド兵たちは大騒ぎであった。私たちを特別の目で見ていることが感じられた。なぜかということは私たちにはわからなかった。一人の兵士がインド兵に話しかけられてはじめて諒解したのである。

「君たちは反乱を起こし、七人ものイギリス将校を殺したというではないか。驚いた。日本人は素手でそんなことができるのか。それとも武器を使ったのか」

「私たちの仲間では、日本軍が武器をかくしていて、いつか起ってまたラングーンを占領し、ビルマを占領するだろうという噂がある。いつやるのか」

「きのう日本兵が革命を起こし、もうすこしで成功するところだったが、一歩のところで武器廠に達せず全滅したと聞いたが、生きていたのか」

などという調子である。そこまで評価してくれるのはありがたいことである。イギリス人を憎むのもたのもしい。しかし素手の日本軍にそれを期待するなら、十分武器も持ち、行動の自由も持っている自分達でもやればよいではないか。まったく他力本願、気の弱さ、自信のなさはだらしのないかぎりである。

自動車部隊のあるインド人中尉は、水道工事をしている私たちに近よって来て言った。

「日本はよく戦った。えらい。ビルマからイギリスを追い払ったことで、私たちインド人もイギリスと対抗できることを教えられたのだ」

私は苦笑した。

「それならどうして君たちは日本と戦争したのか」

「それは君たちがあまりに自分の力を頼みすぎたからだ。君たちがビルマを征服したとき、すぐインドへ来ればよかった。しかし君たちは傲慢になってラングーンで寝ていた」

このインド士官は話がうまく、ここでいびきをかいてみせた。

「すぐ来たら私たちもイギリスに反抗したろうに。もうおそかった。日本は世界中を敵にした。USA、イギリス、フランス、濠州、カナダ。私たちも勝つ方に参加する。そうしないと独立は得られない。インドまで敵にしては勝てるはずがない。……しかしもう君たちの使命は終った。インドがアジアの指導者となる。イギリスも追い払う。白《ホワイト》はアジアから追い払う」

「しかし君たちは武器をつくれるか」

「つくれる。今度の戦争で、飛行機も戦車もつくった。大丈夫だ」

「しかし、それはイギリスの真似だろう。自分自身でよい機械を発明できるか」

この最後の意味は私の英語ではなかなか伝えにくかった。大童の奮闘の挙句、やっと通じたらしい。中尉はじーっと考えこみ、真面目な緊張した顔になって言った。

「ノー、それがだめなのだ。私たちの科学はまだそこまでいかない。軍艦でも船長や機関長はみんなイギリス人だ。しかしかならず近いうちに私たちはそれを可能にしてみせる」

私はちょっと威張りたくなって、つい本音を吐いてしまった。

「それはなかなかむずかしい。私たち日本人はこう考えている。今度の戦いでもし日本とイギリスとが単独で戦ったとする。陸軍がインドで、海軍がインド洋で決戦したとする。一ヵ月もたたないうちにイギリスを全滅させたことは確実だ。その日本が負けた。なぜか。ここにある武器を見たまえ。自動車、大砲、戦車、ほとんどアメリカ製だ。インドはなかなかイギリスに勝てないだろう。仮りにイギリスと戦って勝ったところでアメリカが攻めて来る。世界中の白人《ホワイト》が攻めてくる。インドは日本と同じようにまた負けてしまう。どうするか」

かれは急に立ち上って私の手を握った。

「そのとおりだ。インドの独立にはまだまだ力が必要だ。お前はそれだけの知識がある、科学者だろう。すぐインドに来い。大丈夫うまく逃がしてやる。インド本国とは連絡がとれているんだ。承知してくれたらいますぐ連絡する」

いまにもつれて行きそうな話になってしまった。そんな飛躍をするところがインド人である。一回会っただけの私がどこまで信用できるというのだ。私だって安心できない。うっかりして行先が英軍刑務所ということにもなりかねない。しかも私は歴史の先生である。水道管のとりつけぐらいは物真似でできるようになってはいるが、だから科学者というのは乱暴であろう。これはたいへんだと思って、残念ながらと言って断わる。すると、まことに残念だと割りにあっさり承知し、一箱タバコをくれて、日本へ帰ってからもし来る気になったら、と言って紙片に住所と名を書いてくれた。ここまで信用してくれるのはありがたいが、あぶないことだ。

その後も一、二度会ったので、この人のよい中尉の笑顔はいまでもはっきり覚えているのに、名前はどうしても思い出せない。しかしどう考えても、あの人のよさと執着力のなさではどうにもならない。多くのインド人と出会ったが、みんな人間としては好感を覚えても、何か気概がなく、十分信頼することができる人を見たような気がしない。それにイギリス人に対する気兼ねは度が過ぎるように思われる。

インド軍は士官でさえイギリスの兵隊や下士官から怒鳴られていた。他人事ながらその弱腰にはいらいらさせられたものである。兵隊たちがインド兵をだんだん軽蔑するようになったのもやむを得ないことだった。兵隊は正直だから、相手を軽んじてもそれを面に出さないという芸当はできない。当然、捕虜がインド兵に対し、「おいインド」などという式で応対するし、インド兵のなかには「マスター、こういう仕事やって下さい。ありがとう」などと話しかけるものも現われたのである。ふつうのインド兵はこれに反撥する。こういう点からも何か気まずいものが出てきたのは当然であろう。私は不安である。インドと日本がもっと接触したら、うまくゆくだろうか。

インドの太陽

インド人とときどき妙なトラブルがおこる。信仰の違いや、こちらにはわからないが、カーストの違いなどらしい。

ある部隊に使役に行き、門を入ろうとしたら一人の兵隊をインドの歩哨が突きとばした。何やら怒鳴っている。インド兵としては珍らしい剣幕だ。この男だけがいけないと言っているらしい。こちら側は気色ばむし、何のことかわからぬながら乱闘になりかけた。幸いなかからインドの将校が出て来ていろいろ問答して理由がわかった。この部隊は回教徒の部隊であった。入口ちかく放牧の豚が群れていて、歩哨はそれに木片などを投げつけ、必死になかへ入らぬよう追い払っていた。この突きとばされた兵隊は、何気なしにその豚の頭をなぜたのである。歩哨はそれを見た。豚すなわち悪魔にふれた不浄な人間を自分の隊へは入れるわけにはゆかないのである。

インド人は全裸を、つまり陰部を露出することをひどく嫌う。日本兵が平気で真っ裸で水浴していると、いきなりなぐりつけたりする。このことではいつももめつづけた。またインド人は大便のあと始末を水でする。水道は便所にないから鑵詰の空鑵へ水を入れて便所へ持参する。はじめはいったい何をするのかわかりかねた。日本の兵隊はそれを不潔だという。インド兵は紙で始末すると不潔だという。また右手左手で不浄と浄の区別があるらしい。インド兵の便所にはこういうわけで手洗いがない。日本兵は手を洗えない。そのまま仕事をするとインド兵は不潔だと怒る。そんな対立もあった。

こういうわけでお互いにやりにくいことも多いのだが、私は風習や信仰の違いよりももっと以前の点で、日本人とインド人とは根本的に考え方がちがうらしいと思わずにはいられない。

インド兵用の英語教科書があった。それにインド民話集がのっているのを読んでいると、つぎのようなのが見つかった。

「三人の子を持っているお母さんがいましたが、あるときこの子らに、持っていたくるみを全部分けてやってこう言いました。『お母さんは全部分けてしまった。お母さんにも分けて下さいな』一番上の子は、腐ったくるみを一つポンと放り出しました。二番目の子は、一番小さいのを選り出してよこしました。三番目の子が、大きく美しいのを選んでお母さんに手渡しました。『お前は悪い子だ』お母さんは一番目の子に言いました。『お前は人がみな最も憎むものになるだろう』『お前は情ない子だ』と二番目の子にいいました。『お前は永久に休むことができないものになるだろう』三番目の子をお母さんは抱きあげて言いました。『お前はよい子だ。みんなから愛され慕われるものになるだろう』……

三番目の子はこうしてお月様になったのです。お月様は、地上に美と平和をおくり、詩とうたでみんなから好かれています。二番目の子は風になりました。いつも不安で、泣き、わめき、怒っています」

一番目の一番悪い子は何になったのだろうか。読者はここで推察していただきたい。当てられるであろうか。

「一番目の子は太陽になったのです。炎熱と破壊と飢えをもたらす太陽になったのです」なるほど、インドではそうかもしれない。ビルマでも私たちがつい、畜生！　と太陽を罵ったほど暑かった。日本の夏とは問題にならないのである。インカの伝説でも、待ちに待った太陽が現われたが、それは炎熱と旱害と焼死をもたらしただけだったと伝えている。「インド人の心はまず自然を憎むこと、それからの脱却を出発点として成長する。日本人の心は自然崇拝と自然への帰依に終始する。ヨーロッパ人は自然と友人となり、ときには自然を支配しようとする方向に発展する」という説を私は読んだことがある。教科書のこの話がインドの本当の古い民話だったら、この説を裏付けるものであろう。

これほどまでに違った基盤の上に私たちの物の考え方や感情が育ってゆくとすると、私たちはヨーロッパ人とよりもインド人との方がより相互理解がむずかしくはないだろうか。私たちがインド人と親しくなりながら、そして具体的にはどうだとはっきり指摘しにくいが、何か遠いと感じたのは、単なる印象だけでなく、会話能力の欠如によるだけでもなく、ここに原因があったのではないだろうか。

日本軍捕虜とビルマ人

ビルマ人兵補モングイ

捕虜生活二年目の昭和二十二年になると英軍の監督もよほどゆるやかになってきた。もちろん作業以外には収容所から一歩も出ることは許されなかった。ただ水浴と洗濯のために、ヴィクトリア湖の収容所にそった地点にだけは出ることが許可されていた。このヴィクトリア湖の水浴は解放の気分が味わえ、私たちはちょっと泳いでみたりした。はじめのころは、二十メートル以上岸から離れると逃亡の意志ありと見なすという布告が出ていたし、看視兵も例のグルカが多かったから物騒だった。この愚直な兵隊は、ちょっと離れると規則どおり自動小銃を乱射するのである。

ビルマ人と交渉をもつことも厳禁されたままであった。警戒兵がいつもついていた。収容所のまわりは完全武装の兵士が巡回していた。

しかし二十二年にもなると、私たちは作業場で監督と交渉して仕事を請負い、早目に仕事を終え、迎えの自動車と警戒兵をすっぽかして歩いて帰るということもやりだしたのである。そのころは作業場への往復には看視兵がつかなくなっていたのでそういうこともできたのだが、しかし、勝手に町を歩いているのを英軍に見つけられるのは禁物である。私たちはできるだけ裏通りを歩くことにした。裏通りは危険だからイギリス人はいない。戦争中私たちはビルマ人にずいぶん迷惑をかけ、掠奪などひどいこともした。しかし、このラングーンではどこへ行っても危険を感じることはもちろん、不愉快な思いをすることもなかった。直接ひどい目にあわされた一部の人は日本軍を憎んでいたらしいが、ビルマの対日感情のよさは、戦争のはじまる頃と変らないようであった。

はじめに述べたように終戦のとき私たちの中隊はシッタン河口まで追いつめられていた。それでも雨季を幸いに辛うじて反撃もやり、その線をしばらく維持していた。

私たちの中隊は（といっても人数は中隊長一人、小隊長一人以下十数人に減っていた）、この河をはさんで二つに分かれ、敵と対しつつ、敵中に包囲された「策」部隊の脱出者を救援するという使命を帯びていた。河を渡った対岸の小部落には中隊長と数人の兵がいた。幸い雨季で敵が来ないからよいようなものの、小舟艇一隻でも上陸してくれればそれで終りである。兵隊はマラリヤでふらふらだし、弾丸は一分も撃てば尽きてしまう。

そこでこの敵前部隊は、脱出の必要上、二隻の丸木船を用意していた。ともかく全員がそれに乗れる。しかしこの舟はボロボロで、ビルマ第三の大河であるシッタン河を、しかも雨季の最中で増水し流れの早い河を渡るのは、ふつうでも命がけである。流木に当ったり、滝のように轟々とこんなところまで上ってくる上げ潮にまきこまれたら、全員最期である。

この舟の保持に努力していたのはM班長であった。昼は日蔭で敵機に見つからないところにかくし、たえずコールタールで破れたところへ布を張って補修する。夜は、流失しないように適当な所に保持しなければならない。また、連絡のために渡河もしなければならない。消耗しつくした身体の兵隊にとっては、つらい作業であった。班長はこのような仕事に挺身してくれていたのである。

しかしM班長にはよき補佐役がいた。ビルマ人兵補モングイという若い青年である。このモングイは終戦の半年ほど前、中部ビルマで配備されたビルマ国民兵の一人であった。他のビルマ人兵補は死んだり、逃げたりしたが、モングイだけはこの幽鬼のような日本敗残部隊に最後まで忠実に仕えたのである。背のひくい、がっしりした好青年で、マラリヤには強く、M班長とともにこの時期の中隊にとってもっとも大切な一員となっていたのだった。丸木舟など、名船頭のかれがいなかったら、どうにもならなかっただろう。

私たちはこの対峙中に終戦を聞いた。八月十五日、いままでドンドコ、ドンドコ絶え間なしにうっていた砲撃が急に止み、死んだような静けさになった。そののち局部的な衝突があって、また銃砲声が聞えだした。私たちはどうなるのか見当がつかなかったが、二十日すぎになって後方へ集結せよという命令が出たのである。

モングイの処置が問題になった。ここでかれを自由にしてやらねばならない。そこで心ばかりの別れの小宴をひらき、役に立たないかもしれないが、軍票や石鹸やタオルなど、各自おのおのしまっておいたもののなかから餞別をおくり、日本軍が負けたこと、一緒に英軍の捕虜になるわけにはゆかないし、モングイが日本軍と行動をともにしたことは誰も知らないから、ここで別れた方がよいだろうという意味のことを話した。それに対してモングイはつぎのように答えたのである。そのたどたどしい日本語と、ビルマ語との混じりあった話の大意はこうである。

「マスターたちは負けた。残念だろうが、これも運命なのだ。気を落すことはない。昔はビルマは強国だった。そこへイングリが来て、ビルマ人をみんな追いはらい、長い間いばっていた。それを日本人がイラワジ河へたたき落してしまった。しかし、その日本を今度はまたイングリが追いはらったのだ。すべては流転する。このイングリもやがては消えるか、イラワジ河に落ちてしまうだろう。ごらんなさい、このシッタン河を。日本軍が勝っても英軍が勝っても、同じように変らず、ゆっくりと渦をまいて流れている。人間のやることはどんなことでも、時と運命によって幻のように消えくずれてしまう。自然は変らない。イラワジ河はもっともっと大きい。この河はすべての人間の栄枯盛衰をのみつくして永遠に流れてゆくでしょう。ビルマも昔のままの姿で残ります。それが仏陀の知恵なのです。私たちはこの仏陀とともに生きているのです」

私たちは茫然とした。まことに申しわけないが、私たちはこのよく働くビルマ人を可愛がっていたというものの、何もわからぬ上等な家畜のようにしか考えていなかった。しかしこの愚直そのもののような青年の口からいまもれているのは、もっとも適切な瞬間における諸行無常と諦観の教えなのである。

何を感心したのだ、きわめてありきたりの意見ではないかと読者は考えられるかもしれない。それはそうなのだが、この時期に適切と私が書いたのは、それを聞いたときの感動が、いまさらのように呼びおこされるからなのである。

完全に絶望的な、まったく坐して死を待つといった戦闘の継続で、兵隊たちはすでに何の希望も持っていなかった。とにかく生きてはいるものの前途はまっ暗であった。ボタリ、ボタリとうじ虫のようにまわりで死んでゆく、あの世界での絶望感というものは、経験のない方には理解してもらえそうもない。ところが終戦になって、とにかく生命だけは助かるかもしれないと思われだした。しかし英軍がどうでるか、どうして日本へ帰れるか、日本へ帰っても町も村もこのビルマのように廃墟であろう。日本へ着いても、港もないだろうから大阪付近の海岸にたどりつき、そこから海へとびこみ、汽車もないだろうから、京都まで歩くのだろうと私は思っていた。だから私は天幕と米と飯盒などを無理して持ち帰ったのである。

生命の助かる見込みがでると、今度は奇妙なことに、生命だけ助かっても、何もなければ一体どうなるんだという虚無感と不安が大きくのしかかってくる。このようなとき、おなじような絶望を持っているはずのモングイのこの教えは、まことに私たちを元気づけるものとして作用した。自分たちの立場が特殊な際立った暗いものではなく、人類のすべてが経験し、あるいは諦観したり、あるいは反抗したりしながら耐えてきたものなのだ。広い広い立場からすれば、ごく一般的なあたりまえの運命でしかなかったことを悟らせてくれたのである。

なぜビルマの地にいわゆる小乗仏教の精神が生きており、日本の大乗仏教がまったく形骸化しているのか。その理由は私にはわからない。それをここで論議することはやめよう。ただここで一言つけ加えておきたいのは、ビルマの仏教は、ただこの国が僧侶の天下であり僧侶もまた真面目であるというだけでなく、その精神が一般の人びとのなかにこのように生きているということである。しかも私が痛感したのは、戦後におけるビルマ人の日本人捕虜への好意が終戦前と性質がかわったことである。戦争中は強者への憧れがあった。戦後はそれがなくなり、自分たちとおなじ苦しみを持つものとして共感と同情にかわったような気がする。モングイに見られるような仏教の精神が本当に広く一般にしみこんでいたとすると、あとでいろいろ述べるビルマ人の行為は、この精神と関係あるように思える。

糞尿集荷作業にて

私たち捕虜に対するビルマ人の好意は不思議なほどであった。警戒が厳重であった初期でさえ、作業場で町角で、ビルマ人が黙って私たちの前にセレ（ビルマのタバコ）を落していくのはいつものことであった。作業場で脱いでおいたシャツのポケットにセレやモウ（米の粉を油揚げにして砂糖やカレーで味つけした菓子）がはいっていることもときどきあった。たいていはそこに働きに来ているビルマの娘たちのおくりものである。

私たちはよく町の下水や糞尿を処理させられた。この作業は初期の、とくにいやがらせ作業の多かった時代のものである。ラングーン市の中心部は、三、四階建ての家が並び、その裏は清掃人など専用の路地である。つまり、糞便やごみを集める路になっているところが多い。便所はシナ式にこの道にそって設けられ、日本のおまるのような大小便受けが外からとり出せるようになっていた。毎日糞尿車をひいてその器を車へあけるのである。これはインド人（例の不可触民というのであろう）の仕事だったらしいが、戦時中それが中断していたため道へごみや糞尿が投げすてられて、数尺もの高さに累積していた。

私たちはこの排土清掃をやらされたのである。作業自体も嫌だが、もっと嫌なことがあった。ビルマ人たちは道へ捨てるのに馴れてしまっていて、私たちのいることを知ってか知らないでか二、三、四階から糞便をたえず放り落すのである。掃除しているとそれがパッと降りかかってくる。「馬鹿やろう」と思わず怒鳴ってみるが、どうしようもない。汚いやら情ないやら――これほどつらい作業はなかった。割りあてられたものはしょんぼりしたものである。

この作業には警戒のグルカ兵もさすがに入りたがらなかった。その隙を狙ってビルマ人が米やタバコをくれるのだが、そのうちとうとうグルカ兵に見つかって、ときどき見廻りに来るようになった。ビルマ人はインド人も嫌いだがグルカも嫌いである。そうなるとわざと三階や二階の窓から、何か包んで下ろしてくれる。それを見てグルカが飛んでくると悪態をついて窓をしめてしまう。そのすきに反対側から何かくれる。グルカはカンカンになって走りまわり、大汗をかいて坐りこんでしまうという具合である。なぜビルマ人がいろいろのものをくれるのか、お礼のつもりか、同情か、好意か、グルカ兵へのつらあてか、それはわからない。

ある家のう
ら
を清掃しているときであった。四つぐらいの可愛い、といっても真黒だが、女の子がかけ出して来てニコニコして私たちを眺めている。ところが奥からそこの家の女主人か誰かが呼んだためその子はいそいで奥へ駆け入ってしまった。私たちはがっかりした。ビルマ人にあるいは嫌われているかもしれないという気があるので、こんなときはたいへん淋しい気分になるものである。

ところが、しばらくすると女の子がまた出て来た。花かざりを頭にさして、額にビルマ特有の黄色い白粉みたいなものをつけている。おやと思っている間もなく、その子は「見よ東海の空あけて」とかなりきれいな日本語でうたいながら踊りだした。わっと私たち作業員七、八人全部がそれをとり囲んだ。女主人は出て来ない。しかし彼女はお礼のつもりか、慰めるつもりか、とにかくこの子に踊ってあげなさいと言ったのであろう。おぼつかなげで一心にうたって踊っている子を見ているうち、私はジーンと目がしらがあつくなってきた。

一回済んで兵隊が拍手すると女の子は嬉しそうに日本風にお辞儀した。そして今度は黙ってビルマ風の踊りをはじめたが、ちょうど見まわりのグルカ兵が何か叫びながらやってくるのを見て顔色を変え奥へ逃げこんでしまった。仕方がない。私たちもグルカに悪態をつきながら悄然と作業をはじめた。

それから数日後、糞尿清掃作業が一段落したある午後のことである。

身体やシャツも洗って、私たちは迎えのトラックを待っていた。そこはビルマのタバコ屋の前であった。ビルマのタバコはセレといって、タバコの葉にバナナの幹の芯の干したものなど刻んで混ぜ、それを何か知らない薄い葉で巻いてある一見葉巻のようなものである。そのころ私たちにはタバコが与えられておらず、ビルマ人がくれるだけでは九牛の一毛でしかなく、道に落ちているいろいろの吸いがらを必死に拾い集め、トイレット・ペーパーなどで巻いて吸っていた。私はタバコをやめていたので、その苦痛はわからなかったが、やはりおなじ中隊の戦友のため吸いがら集めはしていた。

入口の垣根にもたれていると、店の奥から一人の娘がざるを二つ両手にかかえて現われ、私の前におき、あたりを見廻してグルカがいないのをたしかめ、赤くなって、真っ黒な娘さんが真っ赤になったのだから、それこそよくおこったタドンみたいな色になって、何か言おうとしたまま言葉にならず駆けこんでしまった。奥を見ると刻み場にいた娘たちの顔がみなこちらを向いて重なりあっている。笑っているのも真剣なのもまじっている。ざるの上には新聞紙がひろげてあり、その上にタバコの切りくずらしいのが積まれていた。

ああ、これをくれるというのだな、と気がついて私はその新聞紙ごととって大急ぎで包んで飯盒のなかに押しこんだ。もう一つの方は近くにいた兵隊たちが、わっととり囲み手でつかんでポケットに入れた。ありがとうと答えるなりざるを奥の方に投げた。一人の娘がさっとそれを受けとる。一瞬の早業でグルカ兵たちは誰もそれに気がつかなかった。

私一人が多くとったわけだが、私の前におかれたのだからそれでよいのである。一番奥にいたから運があったので、それを独占しようが誰に分けようが、誰一人文句はなかった。私たちのトラックへはよくビルマ人がタバコを投げこんでくれたが、そのときそれを受けたものの所有になる。誰も分けろよとは言わないのである。その日は私が一番よいくじをひき当てたらしい。収容所内でこの半分を米に代え、中隊の同班のものと久しぶりで米の飯らしい飯を食べたのである。

イラワジ河の船頭

このようなビルマ人の好意は、好意というよりあるいは憐みであったかもしれない。しかし、それだけでないと思われることにも多く出会った。

私たちのトラックがある街角にさしかかると、きまって二階の窓からタバコが投げられることがあった。やがて私たちはその窓に一人の老人がいることを知った。老人はいつも毎回どれかのトラックに一にぎりのタバコを投げ、それから私たちの方を向いて合掌して（これは拝むのでなくあいさつであろう）じっと頭を下げているのである。また、ある苦力みたいなじいさんは、日本捕虜に会うといつも道に土下座して手を合わせ頭を下げてくれた。兵隊一同これにはありがたいよりはずかしくて閉口したことであった。

一年以上もたつと、私たちは作業場でかなり自由になった。町や波止場でビルマ人と話をしたが、昼どきなどよく食事をしないかと誘われた。河岸で木材を整理していたときの昼休み、私は仲間から離れて材木の上に腰をかけ、河を見ていた。例により、みなは昼寝の最中である。目の前には浮桟橋があり、そこに多くの民船が群がっている。ちょっとした住居のついている日本の団平船みたいなやつである。帆かけ船だから軽快そうだ。するとそのなかからビルマ人が二人やって来て、しきりに船に来いと言う。食事に呼んでいるらしい。

ビルマの食事というのは、カレーか、唐辛子のすごく効いたゴッタ煮を飯にかけて食べるのが多く、汚いし、まずくはないが辛いのに閉口する。兵隊のなかには好意を断わりきれずに食べたところ、身体中から汗がふき出てきて脳貧血をおこし、倒れてしまったのがいた。それに、そのころは私たちはすでに十分の食事がとれるようになっていたし、また船などに入りこむのはやはり不気味である。恨みをはらすんだとブスリとやられないともかぎらない。

私は、いらない、いらない、という意味でしきりに手をふり、好意を感謝するという意味で笑って見せた。だが承知しない。ほとんど強制的に舟のなかへつれこまれてしまった。やはりゴッタ煮の食事で、二、三人が坐っていて私に席をあけ、坐れと言う。飯はほうろうびきの皿に盛ってくれた。まん中の汁を匙ですくって飯にかけて食べるのである。ビルマ人はそれを手づかみで食べている。指先でつまむようにして固めて食べるのだが、実に上手でボロボロのその飯をこぼしたりはしない。私たちがやるとそこらを飯粒だらけにしてしまう。

私の飯には匙をつけてくれたが、手で食べる方が礼儀なのだということは私も知っていた。しかし自分は捕虜だという気持は抜けきらない。手で食べることが何かおもねるような気がして、しばらくためらった。しかし、この人たちはそんな私の気持には気がついていないらしい。戦争中とおなじように、何か期待して好奇心に満ちた目でにらんでいる。仕方なしに手で食べ出した。

とたんにみんな、ワッという喚声をあげ何かしきりにしゃべりだした。やはりニッポンのマスターはえらい。イギリス人は自分たちと食事など絶対にしない。手で食べるのは野蛮人だなどと言う。日本人は自分たちをおなじように取扱ってくれるというようなことを言っているらしい。はっきりとはわからないが、幾度もおなじ手まね足まねで、イングリはいかん《ムカンブー》、いかん《ムカンブー》、ということをしきりに言って憤慨する。

「戦争は本当に負けたのか。負けても日本のマスターがたくさんいてくれるので自分たちは心強い。どうか帰らないでくれ。武器はどこにかくしてあるか。いざというときは一緒に戦おう。また勝つさ」話はたいへん景気がよい。

ビールのような泡がでる、アルコール分のうすい、昔なつかしい椰子酒をしきりにすすめてくれる。すこし甘酸っぱくて冷たくてとてもうまいものだ。しきりにいろんなことを言ってくれるが、はっきりしたことはわからないし、それに内容もこんな調子なのでなんとも答えにくい。「帰らないでくれ」と涙まで浮かべ、手を握って頼まれたのにはどうにも答えようがなかった。

そのうち一人がうたいだした。言葉はわからないがふしはたしかに愛国行進曲である。座が乱れてきた。退散しなければならないのだが、離してくれない。臆病な私は気が気でない。イングリは幸い近くに見えないが、インド看視兵だってうるさいことがある。

「作業がはじまる」と言って無理に立ち上ると、水筒をとって椰子酒を一ぱい入れてくれた。

作業がはじまってみると、よっぱらいが大勢いる。食事によばれたのは私一人らしいが、椰子酒は呑まされたらしい。

「あいつらはマンダレーの方から椰子酒もって売りに来たのや言うとった。あそこの酒はうまかったなあ」

D兵長が顔を真っ赤にしながら言う。今日の作業は上出来だった。戦友へのみやげが水筒にある。鼻歌などうたいながら、みんないい機嫌である。

ビルマの青年の楠公精神

終戦の翌年の夏のことである。近くの作業場から集団で帰ってくる私たちに、若いビルマ人が近づいて来た。そして看視兵に見つからないように並んで歩きながら、いきなり言うのだった。

「貴方がたは楠公精神を忘れてしまいましたね」

実にあざやかな日本語であったが、言われたことが言われたことだけに、私たちは眼をパチクリさせてすぐ返事ができなかった。

「私は日本軍を尊敬しています。イギリスのものを盗んだり、ビルマ人からものをもらったりしないで下さい。戦争中の日本軍隊はすこしもそんなことをしませんでした」

若者の言葉には思いつめたようなところがあって、私たちはそのおしつけがましいのと、考え方の単純なのに反撥はしたものの反感はおこらなかった。

もちろん私たちもはじめは英軍のものに手をつけようとはしなかった。盗むようになったのは、食物の不足と、それに不当な抑留と強制労働であることに気がついて反感を持ち、面白半分復讐の意味をこめてやりだしたことであった。しかし考えてみるといまは事情がちがう。それなのにいつ帰国できるかの希望もなく気持もすさび、自棄的になって自分たちの行動への反省もなく盗みをやっている。立派な人間のすることではないし、また反抗という大義名分もなくなってきている。私はこの若者に会って、一時期ではあったが身をつつしんだ。

その後、水浴場へもこのビルマ人はしばしば現われて、名誉を保てということをしきりに私たちに説いた。その話によると、かれは自分の仕えていた日本の若い士官に可愛がられ、ビルマの国民軍に入って訓練をうけた。士官はかれに日本語を教え、日本精神を説き、東亜の新秩序についての情熱を少年にふきこんだ。この少年はやがては日本に留学し、この先進国の精神を学び、新しいビルマをつくろうとする希望に燃えていた。しかし戦況は日ましに不利になり、ラングーンは連日連夜コンソリデーテッド重爆撃機の空襲にさらされ廃墟のようになってしまった。ビルマの国防軍も反乱し、多くの人は日本に背を向けるようになった。しかし少年は司令部付のこの日本士官とともにラングーンにとどまっていた。ついに最後の日がきた。二十年三月、海上からイギリス軍が上陸し、ラングーンは包囲された。

「士官は立派な方でした。爆弾をもって英軍の戦車に向ってゆかれました。見事な最期でした」

とこの少年は言った。

私は日本軍部の理想が単なる説教であり、内部の腐敗は驚くほどで、それが最後には表面にまで出てきていたことを知っている。私たちがラングーンに入った昭和十九年早春は、この町はまだ平和だった。しかし前線の悲報は絶えず司令部をゆるがしていたはずである。それなのに司令部の士官たちは連日連夜、酒と女にうつつを抜かしていると私たちは聞かされた。

それはたしかに本当らしかった。私はそのときこんな経験をした。初年兵たちが隊伍をつくって街を歩いていると、将官旗を立てた乗用車が向うからやって来る。将官旗、その権威はどれほどのものだったか。若い兵士たちは喜びと尊敬をこめてあわてて道をよけて整列し敬礼した。幸運にもビルマ軍最高指揮官の顔でも見られたら、隊への自慢できるみやげ話になるという期待をみんな持っていたのだ。しかし、それに乗っていたのは二、三人の、泥酔しふざけてキャーキャー騒いでいるビルマの慰安婦らしい女だけだったのである。

私たちの小隊長は学徒出身兵で、二十年はじめにビルマの土を踏んだのだが、そのときの様子をこう話した。自分たち学徒出陣兵が、候補生となりビルマにやってきたとき、方面軍司令官K大将に引見された。その席の訓辞はこうであった。

「生っ白いのがやってきたな。前線は貴様らの考えているような甘ちょろいものではないぞ。お役に立つためには覚悟が必要だ。行け、立派に死んでこい」

十九年秋、病院に入っていた私たち兵隊は、ともかく歩行にたえるものはいっせい退院を命ぜられ、前線に向った。私と同行した右手を失った兵士もそうだった。私たちが驚いて、どうしてこんな障害者に前線復帰命令が出たのだろうと噂をしていたら、軍医が大喝した。「片手で銃は持てなくとも馬のたづなはひける。すこしでもお役に立つものは前線へ行くのだ。K閣下のご命令なのだ」

このK閣下はラングーンに敵が迫ると、一般市民を兵役に徴発して守備させ、自分たちは飛行機で脱出した。残された日本人は、一般市民といわず看護婦といわず、英軍の包囲下にほとんど全滅した。私たちの最後の戦闘場所、シッタン河の陣地で、私たちは髪をふり乱して流れてくる赤十字看護婦さんの屍体を毎日見た。「死んでこい」という言葉のつぎには「おれは飛行機で安全地帯へ逃げるから」と補足して述べるべきだったのだ。

しかし、日本軍には立派な戦士も多かった。その思想の当否はとにかく、そういう人びとには私は無条件で頭をたれたい。将校とくに若い将校のなかにも私の経験したかぎりでも立派な人が多かったと言える。このビルマ青年を教育した将校もやはりそういう一人だったのだろう。

「日本の兵隊さんの子」

ラングーンの郊外、ミンガラドン飛行場付近の部落での作業のときである。私たちはそこへビルマ風の倉庫の屋根をつくる材料を取りに行ったのだと記憶する。薄い弱い瓦を焼く部落であった。だから埃っぽい。しかし他のビルマの部落と同じようにのんきそうな村である。

タバコを吸っていると例のごとく子供が二、三人寄ってきた。ハダシで赤や青のロンジ（腰巻）をまとい、汚れたシャツを着たおなじみの型の子供である。年かさの子（といっても十一、二歳か）がタバコをくれというので一本やると、うまそうにスパスパやっている。手まね混りでなんとか話をしていると、その年かさの一人が、四、五歳に見える男の子を指さして「この子は日本の兵隊さんの子だ」と言った。そういう子がいるとは、ときどき耳にしていたが、なんだか年齢が大きすぎるような気がする。タバコのお礼でそんなことを言ったのかもしれない。その子に「そうか」と念をおすとうなずく。兵隊たちがガヤガヤ言いだした。ちょうどそこへ一人の老人が通りかかってこの様子を見、子供を見てハッとしたような顔をして寄ってきた。兵隊のなかでビルマ語のうまいのが、「日本人の子か」と訊ねると、しばらくためらって「そうです」と言う。

「その兵隊はどうした。母親は」

「兵隊はどうなったかわからない。母親はいます《メンマ・シーデ》。結婚していて子供がほかに二人ある」

「イングリが調べに来ただろう」

「調べに来た。だがみんなで言わなかった」

「この母子はどうなるのだ。ビルマ人村民たちは憎まないのか」

「この子はみんなの子だ。みんなで大切に育てる。村長さんが親代り」

私たちはその母親に会いたかった。兵隊の名前が知りたいからだ。万一生きていることでもわかればと思った。しかしどうも私たちのビルマ語では老人に通じない。母親も会いたくないでしょうと言っているような様子である。

英軍との関係でこわがっているのかと思ったが、やがてそうではないことがわかった。察するところこの老人は、父親が生きていてそれに知れたら、また知れなくても日本軍が知ったら、いますぐにでも連れて行ってしまうかもしれない、それは困ると考えているらしいのである。どうもそうらしいということがわかったとき、兵隊たちは顔を見合わせた。思いもかけない話である。

老人は「日本の子は頭がよい。えらくなるはずだから」と懇願するような調子でおどおどと二度三度くりかえす。気のせいか、その子の身なりは他の子供よりすこしよいようである。なんだか威張っているようにも見える。そうと知ったとき、私は目がジーンと熱くなってきた。「へえーその兵隊うまくやりやがったな。人が前線で苦労しているときに」A伍長はわざとぞんざいな言葉で私に笑いかけたが、かれの顔も見る見る泣くようにゆがんでしまった。

日本人の子供がいるということはよく噂に聞いたが、私が実際に会ったのは戦中戦後を通じてこの一例しかない。

私たちの収容所から作業場へトラックでよく往復する道があった。ヴィクトリア湖に沿った舗装路であるが、その途中に二、三軒の見るからに貧しげなビルマ人の小屋があった。そのうちの一軒の家の前で若いビルマの女が毎朝のように赤ん坊を抱いて私たちのトラックを見ていた。トラックの響きに駆けだしてくることもあった。いたって物見高くないビルマ人にしては不思議な現象で、私も二、三度その姿を見かけ変な気持がしていた。兵隊たちも同じ思いであったらしい。

そのうち噂が聞えてきた。あの赤ん坊の父親は日本人の下士官で、父親は捨てたのか死んだのか消息が絶えてしまった。娘はトラックで毎日通る日本軍捕虜を子供に見せて心を慰めているのだというのである。娘の父親がラングーン大学の小使いみたいな仕事をしていて、その男から聞いたのだという兵隊も現われた。夫らしいビルマ人の姿は見あたらず、その娘のほかには老人夫婦だけらしいことや、その娘の淋しそうな顔が、こういう伝説を生んだのかもしれない。やがて兵隊たちは手を振るようになり、子供も笑いかけるようになってきた。娘はしかし、目礼はするけれど、ついぞ笑って見せたことはなかった。

ところが、一、二ヵ月すると娘はぱったり姿を見せなくなった。トラック上の私たちは心待ちにその家を覗きこむのだが、戸口に二本のパパイヤの木の立ったこの家からは、もう誰も現われないのである。人は住んでいるらしい。私たちは、娘が嫁にいったのだとか、人の噂になって具合が悪くなったのだとか、英軍に知れて子供は殺されてしまったのだとか、いろいろ噂をしたが、そのうち娘を二度と見ないまま、しだいに噂は薄れていった。

しかしこの記憶は驚くほど鮮烈である。家のたたずまい、二本のパパイヤの木の大きさや枝ぶりから、なにか病身そうな女の無表情でしかも淋しげな顔立ち、ビルマ独自の赤ん坊の抱き具合、娘に出会った頃のはだ寒さの身にしみるビルマの初冬、その頃よく乗せられたダンプカーの鉄の冷たさまで、じつによく思い出される。

その噂のせいで印象が強かったためなのだろうか。それともすさび果てた収容所の生活が、家庭的な愛情を必死に求めさせていて、そういう噂にすがりつくようになっていたためなのであろうか。

怒らないビルマ人

戦中・戦後を通じ、私自身の体験ではビルマ人が日本人に対し憎しみを持ち、そのような憎悪感によって行動をしているということを知る例に出会ったことはない。

もっとも、日本軍がインパールで大敗し、雲南からも退いて来たことがわかると、ビルマ人の態度が一般的に変化してきたことは私たちにも感じられた。戦線から離れたところでも何かよそよそしくなった。メークテーラが陥ちて、日本軍が養成したビルマ国民軍が反乱したときは、私自身も三、四回その襲撃を体験したことがある。

しかし、それは弱い民族の本能的な自衛手段ではなかったろうか。本当の憎悪心があったなら、捕虜になった日本軍に対してもそれが現われたはずである。私だけでなく、いろいろの人の経験を聞いても、ほとんどそういう思いに接した経験はないようである。

ただ私は一度だけ不安な気がしたことはあった。それは最初の収容所からラングーンに送られる汽車のなかである。踏切で汽車が徐行したとき、子供が七、八人集まっていて、手に日本軍発行の軍票を持ち、私たちに向ってそれをかざし、何か罵り声をあげた。これはいけないと思ったが、そういうことはこの踏切でたった一度だけだった。捕虜列車がどうして来ることがわかったのか。いまから考えると英軍側の作為だったような気がする。

日本軍は徴発その他で、相当ひどいことはやった。その被害者は憎んでいたはずだ。身内のものを殺されたら、その恨みは深いと思う。しかしビルマ人の殺害は案外すくなく、だからそういう恨みを持つ人も割合すくなかったのではないだろうか。家を焼かれたり、食糧・家財を奪われた人びとは相当に多かったろう。そういう人はどう考えたであろうか。ビルマ人はあまり執念ぶかくないのか、あるいは敗者や弱者に同情的で、捕虜には恨みを捨ててくれたのだろうか。

それは希望的観測に過ぎるとしても、ただビルマ人は礼節があって、罵ったり、叩いたりすることはいさぎよしとしない性質があったとは言えそうである。しかし、ビルマ人はインド人と仲が悪く、個人的にも、集団的にも喧嘩はよくやっていたから、礼儀だけでは説明がつかない。

ある製材所の使役での話である。ここは日本人が戦時中接収していたラングーン有数の製材所で、終戦後も、日本人の慰霊碑が残っていたり、何々事務室とかいう看板も残っていてなつかしい気のする所であった。民間の経営で、ビルマ人とインド人の労働者が多勢働いていた。

あるとき私たちはただならぬ空気を感じた。見ると百数十人のビルマ人とインド人が一棟の建物を挟んで対峙し、手に手に棒をにぎり石や火のついた木片を投げあっている。一部では乱闘がはじまっている。どうしたんだと訊ねると、インド人の奴がビルマ人を殴ったとか、泥棒したとか、まちまちの答えで原因はわからない。「マスターたちはこちらに味方してくれ」と両方から要請される始末である。騒ぎは、数のすくなかったインド人側が逃げてしまって収まったと記憶する。これは最大の規模のものであったが、こういうビルマ人とインド人のいざこざは絶えずあったのである。

ビルマ人については、戦時中にこんな記憶がある。私はシャン高原の山中でマラリヤの熱が出、部隊から遅れ、同行は二、三人だけになってしまった。そのうち道を間違えたらしい。日暮れに小部落の前に出た。人影はない。部隊がいると思ってオーイ、オーイと連呼していると家々から人が出てきた。しかし日本兵はいない。家の様子も変っていて、屋根は竹を半分に割って樋をたくさん並べたような恰好のもの、床も高く、ビルマ人部落とちょっとちがう。

小銃を持ったものが二、三人寄ってきた。タイ国境に近いがタイ人ではなさそうだ。その小銃は驚いたことに三八式歩兵銃である。言葉はうまく通じない。部隊のつぎの宿泊予定地は、落伍するとき教えられていたから、その言葉をくりかえす。どうもそこではない。そのうち、一人ずつ別に家にあげられ、一間を与えられた。イロリがある。まあ奥座敷といったところだろうが、どうも気味がわるい。

しばらくすると鶏をつぶして、すばらしいご馳走をしてくれた。食事が済んで寝て、夜中小便にゆこうとして蓆《むしろ》製のドアみたいなものを押してみたが動かない。これはいけにえか何かにされるのか、えらいことになったとは思ったものの、熱が高くなんの思案もうかばない。もうどうにでもなれという気でうとうとした。きたない話で恐縮だが、床は竹製、銃剣でこじるとすぐ隙間ができるのでそこから用をたした。逃げるつもりだったらなんでもなかっただろうが、精も根もない。どうにかなるだろうと、あまり不安は感じなかった。

あくる日になると起こしにきて、今度は味のついた粥みたいなもの（これはおいしかった）をくれ、兵隊一人に一人の男がつき、背嚢を背負ってくれた。もと来た道をもどって連れて行ってくれたところには、ちゃんと本隊がとまっていた。お礼にしまっておいたタオルを差しだしたら、しきりに手をふる。いらないというのである。無理にすすめると頭にうまい具合に巻いて嬉しそうに行ってしまった。他の兵隊も同じことだったそうである。やはり小便がしたくてドアを押したら、そこにビルマ人らしい男がもたれていた。ドアを閉めて寝ずの番をしていてくれたらしいと言う。私たちはボロボロの服装をしていたのだが、偉い人と間違えたのか、武装していなかったから旅行者として好遇してくれたのか。

この国境の部落に部隊は四、五日滞留した。お蔭で熱もさがった。この滞留が落伍者を収容するためだったか、命令を待っていたのかは知らない。続々他部隊のものも入って来て、食糧が心配されたほどであった。

ところが、そこへまた例の部落の男がやって来た。女子供も一緒である。私の泊っていた家のタイの警官だったとかいう主人は英語がすこし通じる。通訳になってもらって訊ねると、

「あなた方の来たあとで、同じような人がいっぱいやって来て、米も塩も豚も、何もかも全部とられてしまった。家もこわされた。これでは生きてゆけないから、山の向うの他の部落へ行く」

と言っているのらしい。驚いたことに、掠奪されたことを特に怒ってもいないようである。何もかもないというときは顔をしかめ、両手をしきりに振ってみせたのだが、すぐあとでニコニコしている。ビルマ人は(この男たちはカチン族だったかもしれない)物欲がないので、物をとられてもそれほど怒らない。殺したり、女に手を出したりさえしなかったら、それほど恨みを買わないで済むのではないかと勝手な想像をしてみたくなる。

再び「残虐性」について

ビルマ人の印象は、お人好しとか日本軍に対する好意とかばかりであるが、たった一度、思い出してゾッとする恐ろしい経験がある。

二十年四月終りごろのことである。メークテーラの激戦で潰滅し、イギリスの落下傘部隊に退路を絶たれ、さりとてタイへ逃げこむこともできなかった私たちの敗残部隊は、シャン高原をさまよい、ロイレム付近に出た。はじめて見るこの町は相当大きい美しい避暑地のような感じだが、住民は全部逃げてしまい、破壊と掠奪のあとのすさまじい廃墟である。日本軍の守備隊もとっくに引きはらってしまっているらしい。やはり本隊からはぐれた五、六十人の小部隊に会う。聞くと英軍の戦車部隊が二、三時間前ここを通過したので夜営は危険だとのことである。

私たちの隊長だった少佐は、それを聞いてすぐ出発を命じた。私たち兵士にはその策は知る由もないが、北東方に反転してサルウィン河を渡河後南下し、モールメン地方に出よという命令が無電で伝えられていたらしい。それはまったく未知の、ビルマ人でさえ通過したことのない道程であった。転進退却のための会議から帰った友人のW中尉は、陰気な顔つきをして、「この転進は絶望的で、八割も犠牲者が出るのではないかという意見だった」と教えてくれた。

　ここで私は、その中尉と一緒になって本隊からすこしずつ離れて進み、落伍者を収容してゆく役目を与えられた。私は喜んだ。すこし危険な仕事だが、役にたたない補充兵として古兵からいじめられ通しているより、この小学校で一年後輩だったおとなしい中尉の当番兵として二人だけで行動できることは極楽のようなものである。

　これも中尉が選んでくれたことである。しかし二人が友人であることは絶対に内密にしてあった。大学卒業生に対する旧日本軍隊の、暗い、そして執拗な憎しみが、こんな状態にあってもなおめらめらと燃えていたのである。

　二人は本隊からすこしおくれて出発した。道の分かれるところでは、注意して見ると符牒で本隊がどちらへ行ったかがわかるように目印がしてあるのである。距離をだんだん遠くし、四日行程ぐらい離れるようにする。

　ところどころに日本兵の屍体が見つかる。動けなくなった戦傷病兵もその間にまじっている。部隊名を聞き、一緒に行動するようにすすめるが、たいていは無駄である。応答はあってもその顔には何の反応もないのが大部分だ。みなせいぜいあと数日の生命であろう。連れて行って下さい、助けて下さいと叫ぶ人びともいたが、歩けないものはどうにもならない。私自身背嚢の重さによろめき、脚はぶよぶよとむくんでいる。歩兵銃は重いので捨て、拾った騎銃を持っているが、それすら絶望的に重いのだ。結局落伍者を一人も救うことができず、半月余ほどで指示点で部隊に追いついたのだが、その二、三日前のことである。

その地点は二、三の小部隊が通過したらしく、それぞれの道標が見えるが、私たちの部隊のは見つからず、はぐれたのかと不安なまま二人は夜営することにした。

そこは嫌な場所であった。シャボテンとむやみにとげのある灌木がまだらに生えた丘陵である。一面の芝に被われ、夜はホタルが無数に飛んで景色は美しい。雨季ちかく、ときどきの雷雨でできた細流が凹地にある。敵機から遮蔽できる繁みもあり、申し分ない場所なのだ。それを嫌な場所だったというのは、おびただしい日本兵の屍体がころがっていたからだ。すこし大げさに言うと、まさに日本兵の墓場だということを直観させられたのである。生きているものもいたが、ほとんど一歩も動けない病人である。屍はみな炎熱にやかれ、禿鷹にさいなまれて、すさまじい屍臭を放っている。いかに馴れているとはいえ、そのなかでは食事しにくい。私たちはできるだけ屍体の群から離れて炊さんし、早目に天幕片をかぶって横になった。

四、五十メートル先にはマラリヤで動けなくなった二人の兵隊が、天幕片を木の間に張り、下に草を刈り集めた寝床をつくって寝ていた。一人は目をあいているが、もう何も見えず、私たちの声も聞えない。どこの部隊だと聞くと一人だけに反応があり、「竜」部隊○○隊と答えた。枕もとには飯盒がおかれているが、なかの飯は腐って悪臭を放っている。「水を、くんさい」とあえぐように言うが、水筒をあてがっても、もう水ものどに通らず、全部こぼしてしまう。明日までもたないかもしれない。

うとうとするうち、ギャッともウッともつかない押し殺したような悲鳴が耳もとで聞えたような気がした。ハッとして目をひらき、本能的に銃をとって安全装置をはずす。中尉も起きて拳銃を握っている。何時だろうか、あたりはすでにうす暗い。

凹地からそっとうかがうと、どこから出てきたのであろうか、見えるだけで数十人のビルマ人の集団である。子供もいる。たしかめにくいが女もいるらしい。

かれらは日本兵の屍体から何かをとっているらしい。しかし乞食のような日本兵から、もうとるようなものはないはずなのだが。もっとも背嚢のなかにはこわれた腕時計ぐらいは残っているかもしれないが……。

そのうち私はハッと気がついた。噂に聞いていたことをいま目の前に見ているのだ。ビルマ人は日本兵の屍体から金歯を抜きとっていたのである。屍体の頭を岩の上にのせ、大きい石をその上から落して顔をつぶしたり、金槌のようなもので口のなかから欠きとっている。さっきのうめき声は、あの瀕死の二人の頭を叩き割って殺したときのものであった。

私は恐怖と憤怒で血が逆流しそうになった。しかし、どうにもならない。ここから発砲すれば二、三人は倒せる。しかしこちらもやられるだろう。弾は三十発しかない。かれらのなかには銃を持って見張りに立っているのもいるからである。もっとも私たちのところまでやって来ればやるより仕方がない。自決用と称して手榴弾を一発持っていたのはなんという幸運だったろうか。

極度の緊張した待機のせいであろう、ずいぶんながい気がしたが、十分もたっていたかは疑問である。熱帯の夜は急速に訪れてくる。すぐあたりは闇につつまれ、ビルマ人もどこかへ行ってしまった。私たちは交代で不寝番をしたが、ビルマ人はもう現われず、私たちは未明早々、ホタルの飛びかうこの沢を立ち去った。多くの遺骸には目礼するのがせい一杯のはなむけであった。

ビルマの農民たちは私たちをどんなときでも大体好感を持って迎えてくれた。敗戦になると態度が一変し、スパイの役をつとめたものもないではなかったが、それでも大部分のものはきわめておとなしかった。戦争末期には食糧確保のためとはいえ日本軍はずいぶんひどい掠奪をやったが、しかしほとんど抵抗するものはなかった。それになれて私たちはかれらには諦めと忍従だけがあるのかと思いこむようになっていた。私が日本兵の金歯をとるという噂を聞いても、なかなか信じられなかったのは、かれらの可哀そうなまでの、ある意味からいえば卑屈なまでのおとなしさを信頼しきっていたからである。

その信仰が、このような経験によって根底からくつがえった。もっとも、どのようにおとなしい農民でも、自分たちが掠奪暴行されたら復讐心を持たずにはいないだろう。そしてその掠奪者が病気などで無抵抗状態になったりしたら、それをやっつけるぐらいのことはするだろう。しかし私がここで言いたいのはそういう点ではない。金歯をとっていたビルマ人のように、あれほど事務的に、子供まで加えてこういう行為ができるのはなぜか、という点である。私の体験したのは場所柄からしてシャン高原に住む剽悍なカレン人であって狭義のビルマ人ではなかったのかもしれない。しかし風俗習慣上ビルマ人と同一視して考えてもさしつかえないと思う。

こういうことを考えるのに、私たちはよく民族の残虐性とかいう尺度ではかる。文明度という尺度もつかう。それもあるが、もうすこしちがった見方もできそうである。ビルマの農業は日本とちがって有畜農業である。牛、水牛、豚、山羊などの飼養数は相当なものである。牛や水牛なども耕作に利用するだけではない。交通運搬にも食用にもつかわれる。だからかれらは家畜の屠畜に馴れているといえよう。

殺した豚の血を壺にうけ、腸を洗ってそのなかに入れ、ソーセージをつくるのは女の仕事である。シャン高原の農家にはかならずいろりがある。そこで燻製にする。子供が骨から肉をはがして燻製をつくっているのを私はよく見た。仏教国としては不思議なようだが、実際はそうなのだ。肉類を食べないものも、また一定期間だけ食べないものもいるが、それはむしろ少数である。

それでは、かれらはどういうふうにして家畜を殺すのか。戦時中、中部ビルマのある小さい村に部隊が滞在していたとき、主計係の下士官が肉を買いに行くからついてこいと言う。運搬の手伝いである。初年兵二人で棒と縄を持ってついてゆく。肉屋なんてものはない。いつも世話してくれる農家へ行くと、あいにく肉がない。いますぐ牛を殺すから待っていろと言う。

私たちは屠場、といっても家と家の間の空地だが、そこへつれてゆかれた。しばらくすると四、五人のビルマ人が牛をつれてきた。背中に大きいこぶのある、ビルマの牛車をひくあの牛である。牛の鼻綱を杭にくくる。牛はおとなしくくくられている。四人が四足を一本ずつ綱でくくり、たばねて牛の腹の下のところでこれも低い杭にくくりつけた小さい輪に通し、その一本ずつを四方から男四人がもつ。オーイというような掛け声で四人が一度にそれを引くと牛の四足が縮められてどうと倒れた。もがくこともできない。一人が大きな刀《ダー》を持って牛の上にまたがり、頸部をさっと切った。ザァーと血が吹きでる。いつの間にかやってきていたビルマの女が、大きなブリキ製の洗面器のようなものを出してそれをうける。

牛の瞼が閉じ、動かなくなると、男たちが刀で処分をはじめた。あっという間に四本の足がはがれ、皮がめくられる。臓物は、腹を割って手をつっこんだと思ううち、肝臓、腎臓、いっさいが取り出され、ブリキ皿に分けられた。うす赤い肺も一皿にもられる。腸は水桶に入れられ、裏がえしにして女たちが洗っている。小腸はこれをこまかく切って野菜と一緒に煮たりする。見ているうち、白骨と皮だけが残された。土の上での作業なのに肉にはまったく土をつけない。小さい部落民総出のような作業なのに、手順に少しの混乱もない。まったく手なれたものである。

私たちは前肢二本をかついで重いのでフラフラしながら帰った。牛の殺し方にはこのほかいろいろの方法があるらしい。豚の場合は、やはり横倒しにして頭から石をぶっつけて殺したりするそうである。

こういうことに馴れた人たちが、せっぱつまった生活状態に追いこまれたとき、瀕死者の金歯を抜くぐらいは自然の行為なのだろう。私たちのように日常生活ではまったく屠畜の経験のない国民は、そのやり方を見て途方もない残忍な民族だという観念を持つが、それは誤まりではないだろうか。私たちが英軍に対しておこなったのと同じような反抗をかれらはやっているにすぎないのだ。ただやり方がちがうにすぎないのだ。

よく働くビルマの子供

ビルマでは大人よりも子供がよく働いている。戦時中の駅の売子なども多くは子供であった。牛車を馭しているのも子供がかなり多い。大人はあまり働かない。ビルマ人は「立ち話をしていると三時間、しゃがんで話しだしたら六時間」とよく言われていたそうである。昼間でもぼんやりしている。五月から九月の雨季には食うことと寝ること以外なにもしないかのようだ。家から外へ出るのは困難なぐらいの土砂降りで、あたり一面泥水の海だからだ。

シャン高原との境域地域で、あるビルマ人に「米を二度とったらどうだ」と聞いたら、「とんでもない。そんなにとってどうする。ここは三年に一度でよいのだ」と言われて参ってしまった。大人たちは、こういう調子でぐうたらしている。そこでビルマ人は子供を搾取してひどい奴らだという兵隊たちの声があがるわけである。

私たちの収容所では、ビルマ人の出入りは厳禁であった。ところが警戒がゆるむころになると物売りや交換者が入ってきた。これはかなり危ない仕事のはずだが、それも子供である。七つか八つぐらいにしか見えないが、十一、二歳であろう女の子が、安物のシガレット「ネプチューン」とか、おそろしくまずい「ライオン」などをざるに入れ、「マスター、ミルク交換」と呼んで歩く。ふつうはカーネーション・ミルク一罐とシガレット四箱なのだが（五個の場合もある）、三個だと言う。この比率だとかなりの儲けになるはずだ。危険代だろう。ミルク罐を出すと、穴があいているかを調べ、振ってみて濃縮ミルクの音をたしかめる。冗談に水を入れ、蠟《ろう》でふたをし、レッテルでかくしたものをわたすと、振ってみて軽蔑した顔をして投げかえした。

悪い兵隊がいて、その女の子のロンジ（腰巻）の裾をまくり上げた。何もかも放り出しワァーンと大きい声をあげて泣く。みんな笑うし、恰好が悪い。放り出したものを拾ってやって、シクシク泣いている子を外へ出し、もうお帰りと言ってやると、ケロリとした顔をして今度は隣の小屋へ入って行き、「マスター、ミルク、タバコ交換」とやっている。たくましいものである。

どうもビルマ人は大人になるとぼけてしまって計算できないらしい。それでも女はまだましで、男の老人ときたらどうにもならない。七つ八つ菓子《モウ》など買うところちらが計算してやらねばならない。駅の物売りなど、かなりの迅速さを要求される取引きは子供でないと無理なのだ。せいぜい結婚するまで、十八、九歳までの青年の仕事である。子供たちは商売だけでなく農業も手伝う。しかしどうも子供を働かして親が遊んでいるというのではないらしい。子供を働かさないと食ってゆけないということだけでもない。もっと肉体的知能構造的な条件が、ビルマの子供たちの活躍を必要とさせていると考えないわけにはゆかない。

戦場と収容所——人間価値の転換

対陣中の統率者

私たちは「被武装解除軍人」として、終戦前に捕虜になった者とは違った取扱いを受けていた。つまり、私たちは師団ごとに同一収容所に入れられ、そこで戦時中のままの旧日本軍秩序を維持しながら団体生活をすることを許され（強要され？）たのである。

敗戦軍隊で、しかも英軍に使役される世界で、そういう秩序がながく維持されるかどうかは疑問であった。しかし将校たちはそれを維持できると思い、またしようと努力した。

最初の収容所は、まるで兵営であった。門衛が立ち、不寝番がおかれ、週番士官が毎夜廻ってきた。どこにしまってあったのか赤い布で、週番士官の房までついた物々しいたすきがつくられ、巡視将校は不寝番に立っているわれわれに守則などを問い訊した。将校には当番兵がつけられ、食事や洗濯の世話をした。こうなっては万年初年兵の悪運をひきうけた私などはたいへんである。もっとも私たちの隊は応召兵が多く、兵隊たちは順応性があり、現役兵のように何もかも初年兵にやらせるということはなかった。そのおかげでか終戦と同時に食事当番なども交代制となり、私は洗濯など自分のもの以外はやらないですむようになった。

このようにして兵隊仲間では急速に旧軍隊意識が喪失していったのに対し、将校・下士官、とくに職業軍人を中心とする連中は、軍隊秩序をそのまま維持しようと、無理やり努力した。日本の軍隊は一般社会秩序を無視し、それに反抗してつくられている。このためそれがやがて大きい矛盾と種々の事件を生み出し、将校それ自体が苦しむことになるのである。

捕虜生活が進んでくるにつれて、私は一つの現象に気付いた。それは、私たちの日常生活における指導的な役割を果たすものが交代し、新しい指導者層が現われてきて、生活の雰囲気が急速に変ってきたことであった。もちろん形式的には何の変化もない。毎日英軍から師団司令部の方へ作業場別に何人と指令がくる。それを連隊副官が受け、各中隊に割りあてる。中隊では、中隊長と先任下士官が相談して、夕食後各人に割りあてる。各中隊の作業員は、大体、連隊か大隊ごとに一集団になり、作業の指揮は階級の上のものがとる。この統制のあり方については最後まで反抗するものはいなかった。

このような軍隊秩序を維持させたのはイギリスの植民地支配から生まれた知恵であったろう。かれらはわれわれを一般捕虜と区別し、日本人がとくに忌み嫌うであろう「捕虜」という名称を避け、「被武装解除軍人」という名を与えた。そして、混乱をきたすであろう新しい秩序の形成をできるだけ抑えた。階級の昇進さえもがおこなわれた。終戦時、転属転属で原隊から離れていた私はもとのまま一等兵であったが、捕虜としての二年間に上等兵、兵長、伍長と昇進？　したのである。全員が下士官になったはずである。昔の軍隊の制度だったら私は年金か恩給をもらえるはずであるが、終戦後の昇進というのはどういうことになるのだろうか。兵隊と下士官ではたいへんちがうことになるのだが。

兵長に昇進したとき大隊長に申告しろと言われた。どうにも馬鹿々々しい気がした私は、裸体のまま出かけて行った。大隊の士官たちはむかっとした顔をしたが、若い大隊長はとがめもせず、淋しそうに「おめでとう。しっかりやって下さい」と丁寧に祝ってくれ、たいへんはずかしかった。なぜもっと素直になれなかったのかと今でも心がいたむ。

それはともかく、このような旧体制の維持は早急に労役の効果をあげるには大いに便利だった。新体制をつくったとすると、その秩序維持のため英軍は援助にたいへんな力を注がねばならず、能率も悪かったろう。なんの効果もない子供じみたソ連のやり方とまったくちがう英軍の狡智を、私はそこに見ることができた。英軍のやり方は、なんでこんなことをやるんだろうとか、へたくそな処置だなとその時は思っても、あとで「なるほど、うまくやるもんだ」と感心させられるようなことが多かったのである。

ところで「指導者の交代」と私が言ったのは、このように旧秩序に沿った上でのことではない。ではどのような秩序の上に立った指導者が交代したのであろうか。それにはまず、捕虜になるまえ、つまり戦場での体験から説明する必要がある。

旧日本軍隊内での「価値」には二つのものがあった。正式なものと、正式でないものとである。つまり一つは階級であり、もう一つはそれとは別格の、海軍でいう「神様」、つまり精神的にだけだが特殊に尊敬をうけている特技者である。陸軍では海軍ほどはっきりしてはいないが、やはり銃剣術とか射撃とかの名手は特別な存在であった。そういう人を幾人か抱えた中隊は眼に見えて羽振りがよくなるのである。

兵役を経験されない読者にはちょっと説明しにくいが、中隊というのが軍隊のもっとも核心的な結合なのである。連隊または大隊が一つの学校のように独立した居をかまえ、そのなかで中隊ごとに一棟の兵舎にたてこもり、独立競争していたのであって、そういう特技者が中隊の誇りなのであった。いよいよ戦場に出るようになると事情は少し変り、戦闘ごとに抜群の働きをするものが中隊の誇りになるのである。

私たちの中隊は数度の戦闘で見る見る消耗し、終戦前後では中隊の戦闘可能要員は十数名、つまり戦前の分隊程度に減ってしまった。武器は軽機一台と数個の小銃、軽機弾薬は数百発を余すだけで、正規の攻撃をうけたら瞬間に全滅してしまうだろう。退避（つまり逃げることだが）の手筈も十分つけておかねばならない。

こういう状態のとき何よりの核心となったのは、中隊長でも小隊長でもなく、水田伍長であった。京都伏見の鋳造工芸者だということであった。水田伍長の仕事は山ほどあった。ほとんど全員マラリヤが慢性化し、自棄的になっている。その一人一人を励まし叱咤して役目を果たさせなければならない。

私たちは廃村のなかで一番よい家を見つけてたむろしていた。背後は濁流のすさまじいシッタン河、前方も左右も見わたすかぎり水で、ところどころに木の繁みや、葦のような草むらが浮きでている。この前方には「策」兵団の四万といわれる大軍が包囲されて悪戦苦闘しているのだ。脱出部隊の援助が私たちの目的なのだが、三方ともすさまじい銃砲声を聞くだけで、援助のしようがない。夜になると、ときに雨音にまじって河中を「助けてくれ」と叫びながら流れてゆく友軍の声をかすかに聞くことがある。筏をつくって暗に乗じて脱出した部隊が、力つきてこの急流を流されている状態が見えるような気がした。しかしどうすることもできない。あっという間に遠ざかってしまう。

昼間は流れてゆく屍体を見た。一日二百四、五十も数えたであろうか。たいていは裸体である。髪を水面に乱した赤十字看護婦の姿もある。私たちの丸木船を慕うように流れ近づいてきたその姿は、忘れようにも忘れられない。三万は脱出してくるはずとのことであった

「策」部隊のうち、実際に脱出できたのは一万前後とか聞いた。ほとんどが、このように無残な死をとげたのだろう。しかし私たちも、敵がやってくれば同じ運命に陥るのだ。

私は七月に入ってここに帰ってきたばかりで、中隊の様子はよくわからなかった。中隊長や小隊長は補充されて前の人ではない。病気と疲労で兵隊たちは気持が荒びきっていることはすぐ感じとれた。昼間はみんな死んだように床に横たわり、よほどのことがないと動こうとはしなかった。しかし、私はかれらの投げ合うはげしい言葉のなかのどこかに、みんなを結び合わせているきずなのようなものを感じた。

それは私がこれまでずっと配属されていた混合部隊にはなかったものである。それだけで、長い間離れていた自分の家へやっと帰りついたという感じがある。高熱で寝がえりもできない石井兵長でも、加減はどうですかと近よった私に、「会田か……よく生きていてくれたなあ……よく帰ってくれたなあ」と喘ぎ喘ぎつぶやいてくれた。

「こいつ、なおると大飯くいさらして、何もしやがらん。熱発ばかりしやがって」

と横に立っていた木崎兵長が吐きすてるようにその顔に向って言う。ひどいこと言うなあとその時は思ったのだが、二、三日たつと、この石井兵長の額の冷し手拭いをいつも代えてやるのが、この木崎兵長であることに私は気がついた。助からないのじゃないかとみんな思っていたこの石井兵長の熱が下ったとき、「下りましたッ」と小隊長に報告した木崎兵長の喜色あふれる顔は、小隊長が「なあんだ、豚でも見つけたのかと思った」とつぶやいて私を吹きださせたほど、まことに意気ごんだものだった。そのときはかなり元気で食い意地がはっていた学生のような小隊長は、本当にそう思ったらしい。あとで聞くと豚を見つけて喜んだが逃がしてしまい、食べそこねたトンカツのことばかり考えていたのだそうだ。

このような連帯感が生まれたのは、長い間戦ってわずかに生き残った仲間をもう失いたくないという感情から生まれたものだと私は考えた。しかし、それだけではなかった。それだけにしては、何か一つぴんと筋の通ったところがあるのが不思議だった。その筋を通す役割を果たしているのが水田班長なのであった。

雨季ではあるが、いつ敵が攻撃してくるかわからない。発見が遅れたら全滅させられる。歩哨の役目はきわめて重大だった。けれども疲れきった兵隊は、みんなその任務を怠りがちで、ともすれば身体の故障を申し立てる。それに対して水田班長は何も文句は言わず、自分が代理に立った。立哨者には間食をつくって持って行った。私は巧妙な看視法だと思っていたが、水田班長の場合は本当に感謝の気持が強かったようである。

水田班長は料理をつくるのが好きで、いろんなものをつくってはみんなに食べさせていた。あるとき汁粉をつくろうと思いついた。かれともう一人、元気よく働く代りに口もやかましい井出上等兵が手伝った。近くの畠から砂糖きびを抜いてきてそれを木槌でたたいて汁を出し、布でこす。一方もみをすり、それを足踏み式の臼でついてだんごをこしらえ、汁粉をつくったのである。二人で丸半日がかりの仕事であった。「汁粉ができたぞ」と叫ぶと病人まで出てきて、飯盒二杯分ぐらいの汁粉はあっという間に空になった。誰も礼も言わず、あと始末もせず引き上げてしまったので、井出上等兵が怒って怒鳴った。「畜生、寝てさらしてばかりいて。一言お礼ぐらい言ったらどうだ」「水田班長、こんな奴らになんかやらないで、協力したものだけで食ったらよかったのに」

「おこるなよ」水田班長は、おだやかな、それがくせのようなくしゃくしゃ笑いを見せた。「おれたちだけで食ったら腹は満足するが、気持がわるいやろ。みんなに分けたら足らんけど、まあすまない気がせんやろ。お前も平気で怒れるやろ。怒っても悪かったという気にならんでよいやろ。それが心の満腹だというのやとわしはきいたことがある。みんなうまそうに食いよった。それでよいのや」

汁粉をたいた飯盒に泥をつけてせっせとこすり洗いしながら、水田班長はたのしげだった。私はこの答えを聞いてすこし驚いた。説教めいてそういうことを言う人があるが、それをこんなとき実行できる人があるとは信じられなかったのである。

これ以後、私は水田班長に注意がひかれた。見ているとかれは、毎日私たちの二艘のオンボロ丸木船のところへ行く。偽装が十分であるか、かけてある木の枝が枯れているかどうかを調べ、船を裏がえしてはたえずタールを丹念に塗る。タールはこの部落にあったのを毎日消し炭で暖めるのである。すこしでもそれを怠ると、いたるところ布を張って修理してある丸木船はどんどん浸水してしまう。この船だけが私たちの生命を救うかもしれないのだ。しかしこういう面倒なことをくりかえすのはほとんど水田班長だけである。昼間は煙が出せない。夜、床下で薪をたいて消し炭をとっておくのもかれの仕事であった。

かれにはまえに述べたビルマ人の兵補モングイがついていた。銃声二発の合図が聞えると対岸へ丸木船をこぎ出すのはかれとモングイの専任であった。素朴純情なビルマ青年は、水田班長《マスター》の言うことはなんでも聞き、献身的に働いた。私はこの二人を見て、ロビンソンとフライデーそっくりのような気がした。二人をひきつけているものは果たして何であったろう。

戦場から収容所へ

ところが、捕虜生活が続いて、しだいに平穏無事な生活に私たちが慣れてくるにしたがい、この水田班長の存在は、だんだんその比重を失っていった。かれの行動に変化があったわけではない。いつでも班長は誠実にその務めを実行していた。しかし捕虜生活では、そのようなものがかならずしも必要ではなくなってきていたのである。

捕虜生活では、たとえば収容所を清掃するとか、入口の前に草花を植えるとか、そういうことが団体生活にうるおいを持たすものとして必要になってくる。水田班長も花を植えたりしないではなかったが、他にもっと上手に、それも楽しそうにやるものが増えてきたのである。

水田班長の生甲斐は、自分では自覚していなかったらしいが、こういう平凡な日常生活からは生まれてこず、危機をはらんだ世界のなかで、それに対応する緊張した生活を持続させるところにあったようである。いわば非常事態向きの人間であった。もちろん捕虜生活にも波瀾はあった。何か盗んでこないと生命を維持できないような給与であったし、しかもその泥棒は英軍の銃剣をくぐっての仕事であるから、生命の危険をはらんではいた。しかし水田班長の感じる危機とか、それとの闘争を通じて感じる生甲斐というものは、もっと本質的な危険であった。しかし捕虜生活では脱走計画でもたてないかぎり、そのような危険は生まれてこない。だから捕虜生活で頭角を現わしてくる人は、そんな危機においてではなく、ごく日常的な面において特技を発揮する人なのである。たとえば床上げの仕事の場合である。

私たちは健康上の理由から、すぐ沼のようになる土の上に寝るのに耐えられず、雨季をまえに収容小屋の床づくりをはじめた。英軍と交渉して多少の材料はもらえたが、床張りの板などはどこからか工面しなければならない。私たちは大童になって板切れや、小さい棒切れを探した。勇ましい連中は英軍の宿舎からベニヤ板を持ち帰りはじめた。厳重な看視があるはずなのに、畳二畳分もあろうかという大きいのを持って帰ったのもいた。

どうしてこんな手品師みたいなことができるのか。とにかくできるのである。私も自分の責任分ぐらいは持って帰った。この泥棒技術については、もう触れない。監視のインド兵がどんなにお人好しかわかってしまうし、第一それは気持のよいことではないからである。けれども、こういうことのやれない人間はみじめである。人の厄介にならねばならない無用者である。こんなことがくり返されると、その人は甲斐性なしとしてしだいに発言権を失い、厄介者のような地位に落ちてしまう。

その反対に、しだいに発言権を持ってくるのは、何よりも泥棒がうまく、要領がよく、そしてかなりゴテることのできる心臓と、論理はどうでもよいが「名文句」の入ったとうとうたる弁舌の持ち主である。日本の議員さんみたいな人間である。

自分のことを書くのはつらいが、私も一方の顔役みたいになった。片言の英語がしゃべれることと、よく言って大胆、悪く言って心臓の強いところがあり、英軍の検問所でも盗品をかかえて、おとなしそうなポーカー・フェイスで、悪いことなんかちょっともしていません、という顔ができたからである。だからよく運搬役をやらされた。もっとも危険でもっとも重要な役目である。その代り分け前は大きい。私は数え切れないほどの検問をうけたが、絶対にひっかかったことはなかった。万年初年兵が大きな顔ができたのは、この特技？ のせいであろう。

それはさておき、水田班長のような人柄は、こういう曲芸的なこと向きではない。大変不器用なのである。しかもかれは弁はたたず、議論は下手だった。対陣中は絶対的な信頼をかち得ていたかれが、いつの間にか、その存在すら忘れられるようになっていったのは、やむをえなかったかもしれない。

おなじような運命を持ったのが谷本兵長であった。この人は水田班長とはすこしちがうタイプである。谷本兵長の真骨頂は戦闘そのものにあった。私たちの部隊がビルマで経験した戦闘は、シナ事変とはまったく性質が異なっていた。シナ戦線では、火野葦平の『麦と兵隊』にあるように、一度の戦闘で十五、六名の分隊から戦死者が一人でたら、それは大きな損害であった。戦死者の屍体はもちろん収容され、儀礼をもって焼かれ、その骨は埋葬され、一部は英霊として大切に故国へ送られるのがふつうだった。

私たちの参加した昭和十九年からのビルマ戦線は、敗戦につぐ敗戦である。モール攻撃の最初の戦闘では勝利らしいものを得たものの、一挙に半数の犠牲者をだしてしまった。それ以後は後退作戦のみである。だから屍体収容は非常に困難だった。

しかし、それにもかかわらず断乎として屍体の収容を主張したのが谷本兵長であった。よし屍体を収容できなくとも、その戦死を確認し、たとえ指先でも持ち帰りたいというのが、かれの悲願のようなものであった。かれは何も言わなかったが、兄さんの遺骨が帰らず、石が遺骨箱に入っていたので老母がひどく泣きくやんだ思い出があるのだという噂であった。もしも生きていたら、そして重傷であっても収容したら助かる可能性がないとはいえないというのが、その主張の根拠である。遺族も、小指でも入っていることをどんなに願うことだろう。そうすることが生き残っているもののつとめだとも言うのである。それはその通りであるが、屍体収容のために、もう残り少なく、貴重きわまるものになった戦闘要員を損失したらたいへんだという考えもあった。しかし谷本兵長は断乎として自分の意見を貫いた。こわさというものを感じない男のように見えた。その勇敢さは中隊の伝説のようになって伝えられていたのである。

　しかし、収容所の生活が落ちついて、私たちが見定めたこの通称たっつぁんこと谷本兵長は、仕様のない男だった。人柄ではない。人柄はよかった。こういう人にありがちな陰鬱さはない。よくはしゃぎ、よく怒った。愚痴は決して言わないからりとした男で、誰からも好かれた。しかし始末に困るのである。捕虜の作業をなまけるのは、私たちもおなじことである。誰が敵国の仕事に一生懸命になるものか。しかし英軍の激しくうまい使い方の前では、一人がサボると仲間に大きい迷惑をかけることがある。

　しかしそんなときでもたっつぁんは、平気でサボった。やはり断乎として所信を貫いたのだろうか。それはわからない。収容所内でも掃除はしない。食事の仕事もしない。もちろんあと片付けもしない。いや、しないのではないが、かれに任せておくと不潔で困る。およそ無頓着で、垢がういている洗濯用の水で食器を洗ってケロッとしている。水浴もしないで、暇さえあればマージャンをやっている。この堂に入った不精と怠け方を見ていると、英軍の仕事を怠けるのも信念があってやっているとは思えない。きまぐれで、わがままなのである。戦闘における英雄的行為への尊敬が失われてはいなかったが、すぐこのたっつぁんは、もう英雄でもなんでもなく、不潔で不精で、どちらかといえば迷惑な存在になってしまったのである。

　この谷本兵長の場合も、捕虜生活によってその性格が変ったのだとは考えられない。水田班長の場合とおなじように、この単調で平凡で屈辱的な捕虜生活には、谷本兵長の心をゆさぶって、あのような超人的な働きをうながす何物かが欠けていたのであろう。その点では水田班長も谷本兵長もおなじ型の人間のように思われる。

　ただ谷本兵長には水田班長よりもっと激しい危機が必要とされるようである。そして、この刺戟が与えられたとき、谷本兵長の眼が輝き、水を得た魚のように行動を開始する。砲爆撃、火焔放射器、戦車、私たちがそれに圧倒され恐怖によって度を失い、行動が敏速を欠き、判断に誤まりを生ずるようなときに、かれだけがまるで別人のようにその全能力を発揮するのである。水田班長はすこしちがう。危機が突発的で急激な場合よりも、もっと持久的で、じわじわと迫ってくるような、つまり漠然たる危機のときにもっともその本領を発揮する。私たちが疲労と不安で行動が不能になり、判断力が麻痺し自棄的になってしまうようなときに、水田班長の肉体と精神はかえって冴えてくるのである。その代り平凡な日常生活ではこの二人の資質は発揮されず眠ってしまうのだ。

私はこの二人を見て、昼行燈ということばを否応なしに思い知らされた。水田班長は大石良雄だ。堀部安兵衛は谷本兵長だ。二人とも、赤穂が平穏無事なときは無用ではないにしろ、ほとんど光らぬ人間だ。もし内匠頭の刃傷がなかったら、大石はやはり昼行燈として終ったろう。また、もし四十七士が切腹しないで、新しい主人にかかえられていたら、何人かは、汚名はながさないまでも、人びとの期待を裏切って、あるいはだらしない遊蕩児か酒飲みとなったかもしれない。大石はそれを知っていたから死に急いだのだと言いたいくらいである。

人間には種々の型があり、万能の型というものはない。異なった歴史的条件が異なった才能を要求し、その型の人物で、傑出し、しかも運命にめぐまれた人物だけが活躍した。古代の偉大な政治家も、現在では村会議員にもなれないかもしれない。現在のやくざの親分は、あるいは戦国大名になれたかもしれない。芸術家や学者でもそうであろう。

もっとも、この経験を一般的に拡大することはあぶない点がある。私たち兵隊は最初からこの戦争の目的には懐疑的であったし、水田班長も谷本兵長も、思考や理論とはあまり縁のある方ではない。信念や理想がからんでくるとどういうことになるかは、これだけでは判断できないようである。この問題をもうすこし捕虜の経験から考察してみよう。

捕虜生活の新指導者（1）

それでは、私たちの捕虜生活のリーダーはどこにいたか。

英軍はアメリカやソ連とはちがって民主主義や共産主義の説教は全然やらなかった。これはなによりありがたいことで、もしそれをやられたら、本当に反省したものより便乗者や迎合分子が支配者となることは確実である。そうなったら私などは日本人や、さらには人間そのものに対する希望を失ってしまっただろう。しかし私たちの場合、英軍は説教どころか日本人を近づけ手なずけることもせず、ただの労働力としてしか待遇しなかった。英軍にとり入ってうまいことをするというような接触はまったくと言ってよいほどなかった。イギリス兵にとり入ろうとするものはないでもなかったが、すぐ私たちに見破られ軽蔑された。だからそういう人物が指導者となることは遂になかったのである。

だから収容所で生まれた新しい指導者は、その意味で本当の実力者である。捕虜の間では、階級ではなく一般社会での職業・地位・身分といったものが、しだいに物を言うようになった。それとともに捕虜生活でのもっとも重い役割を果たすものが力を持ってきた。

私たちの仲間にもそういう人が出現しはじめた。まず井野班長である。もっともこの井野伍長が戦闘では無能だったということはない。ただ、勇敢無比な兵士というような伝説は付随していなかった。しかし井野班長はずばぬけて要領がよかった。ずるいというわけではない。仕事は一人前以上であり、手早い。

しかし、なんといってもこの人が頭角をあらわしてきた第一の理由は、例の「泥棒」である。細心で大胆で、私たちがあっと思うようなことを平気でやってのけた。品物を現地人と交換するのも巧妙であった。私たちが吸いながら集めに一心になっているとき、かれはビルマ葉巻《セレ》を吸っていた。私たちがそれを手に入れだしたとき、かれはインド兵用のシガレットを吸っていた。私たちの憧れの的であるイギリス兵用の「ネーヴィ・カット」の鑵入りを井野班長はつねに二、三個は持っていた。いつの間にか彼の上衣もズボンも靴も雨合羽も新しくなっていた。英軍が支給してくれるのはもちろん雑巾用のボロだから、私たちも盗んではともかくふつうのものを着ていたが、かれなどは、いざといえば英軍将校なみの服装はすぐできるだけの「余備品」を持っていた。

昭和二十二年の正月のことである。炊事係もいろいろ気を配っているが、われわれの方でも、せめてお酒と雑煮くらいは用意しよう、それに鑵詰や乾燥物だけでなく、生ものもほしいではないか、ということになった。その調達方が井野班長に依頼されたのはもちろんである。

　こういうときに小さくなっていなければならないのが、泥棒のできない小心な人間である。割り勘で金をださねばならぬ。中隊は五班に分れていたが、一班でたしか二ルピーずつということになったと思う。士官は気の毒だから除くと一人で半ルピーくらいになる。その調達は容易でない。物は持っていても金に代えるのはすこし面倒だからである。そういう人間は金を持っているものに何か提供して金に代えねばならない。提供できるものを持たない兵隊は労力を供出しなければならない。しかしそれでもご馳走になったという負い目ができる。こういうことがくりかえされると、小心者の発言権はだんだん少なくなり、労働はふえる。

　一般的にいって、日本での社会的地位が相当上のものは、泥棒は不得手のものが多い。とくになんにもできぬインテリというやつはつらい。冷たい眼で見られ、下積みに甘んじなければならない。二年間もの捕虜生活をそのような「地位」で過すのは、ずいぶん苦痛なことだ。泥棒に明けくれる生活は物質的にはかなりの寄与はしたが、その反面、精神的ひけ目に苦しんだものは半数以上だろう。泥棒が絶対できぬ耐乏生活の方が楽だったかもしれない。

　とくにタバコのみの苦痛は大変なものであったらしい。最後の半年間はインド兵用のタバコが週二十本配給された。日に三本弱で、いかにも少ない。それでも平等に少ないのならまだ我慢できる。ところが「能」のある人間、つまり三分の一ぐらいは日に二十本も吸う。こうなると、ほかの連中は意地でも吸いがらを拾い集めるわけにはゆかない。気の弱い人間でも、一箱のタバコをかせぐためには、自動小銃下の検査という大げさに考えれば死ぬほどの恐怖に敢て身をさらさなければならない。おとなしすぎる古川上等兵は無類のタバコ好きだったが、このためとうとう強度のノイローゼにかかり入院した。中隊初の犠牲者である。

さて私たちは「豪華」な正月を迎えるべく、それぞれ分に応じてすることになった。井野班長の活躍がはじまった。おし迫ったある日、かれは生きた鶏一羽と一瓶のジンを苦もなく手に入れ、シャツにくるんで帰ってきた。ねぎなどの野菜も手に入れた。こうして生ま野菜と餅の入った雑煮を祝うことができたのである。

どこからかドラム罐を持ち帰り、ベニヤ板で流し台をつくり、風呂場を建てたのも井野班長である。十二月ともなればラングーンも内地の十月初めの気温、寒くて水浴は容易でない。私たちは久しぶり、つまり三年ぶりに風呂に入ることができた。もっとも、たきぎを持参するか、水を汲むか、火をたくかしないと威張って入るわけにはゆかない。

入浴するものは一応井野班長に挨拶しなければならない。それは兵隊の仁義・鉄則である。水汲みや風呂たきはいつのまにか井野班長の手足のような兵隊が二、三人できていて、それがやる。「××さん、風呂がわいた。入りませんか」井野班長は中隊の誰かや大隊の誰かに声をかける。そつがなく、そして割合に公平である。こういった点にもかれの人望があるのだろう。班長は、みなが反撥するようになって窮地に立った士官にも声をかけ、最後まで礼節を守ったし、声をかけてやらない人間はなかった。

しかし最初に声をかけるもの、声をかける度数などにも細かい配慮があった。重んじられたのは、新しい指導者、ボスたちである。私などはこの井野班長の配慮ぶりによって、収容所内での各人の地位の変化について客観的認識を得たのである。

愛敬もよく、そつがなく、器用で、泥棒にも大胆で、弁舌もさわやかでゴテだしたらうるさいし、喧嘩も強い、という井野班長は、こうして中隊の事実上の支配者となっていった。中、小隊長や、農民出で不器用な曹長などの存在は、まったくその影にかくれてしまった。

井野班長が重んじられたのは、このような「私的生活」の面だけではない。

作業でも、指揮官が他部隊の人だと、私たちの中隊員はすぐ条件の悪い職場を割り当てられる。捕虜時代も後期になって士官の生活が自分の隊員の支持によるる度合がふえてくると、自分の隊の人間を優先さすようになるのは自然である。それに対して他の隊から文句がでる。士官がその言い分を聞いて割り当てを変えたとする。今度は相手側も黙っていない。相手側の実力者とこちら側の実力者との力関係によってこの争いは決着がつく。だから、こちら側の実力者が相手側のそれより有能な人でないと困るのである。

割り当てに不満だと兵隊たちは坐りこんで動かない。カンカンに怒ったイギリス兵と動かない兵隊との間にはさまって、やせる苦労をするのが士官である。こういう場合に井野班長のような人がいないと、私たちはどうしても不利になるのだ。英軍から不当な作業命令をうけても士官側は大体唯々諾々である。そこで、言葉は通じないにしろ、こちら側が不満であることを英軍に示しておかなければならない。つまり大声をあげて士官に詰め寄って見せたりする芸当が必要なのだが、それは井野班長のような人でないとできない。これに対して士官は、兵隊が承知しないで困るというしぐさをする。そこでイギリス人が譲歩するということになる。

士官側にとっても、本気で怒って詰め寄られては困るのだ。井野班長のように半分芝居、半分本気という芸当のできる人が好都合で、全体にとって必要欠くべからざる役割を果たすことになるのである。

捕虜生活の新指導者（2）

井野班長の場合とは別に、新しい秩序の担い手として現われてきたもう一つの類型は、士官層に見られる。士官はパーセンテージにしてみると、兵隊より多く生き残った。たとえば私の中隊では下士官・兵は十六人なのに士官は二人もいた。中尉と少尉である。つまり士官の占めるパーセンテージは本来の十倍以上になっていた。この人たちが作業指揮官となったわけだが、しだいに反抗的になってゆく兵隊と、一応兵隊から離れている司令部や英軍の間にはさまって、その矛盾を一手にひきうけることになったのである。

捕虜時代の最初のうちは、各士官には全部当番兵がついていたが、捕虜生活半年もたたぬうちに、当番兵はすっかりサボるようになってしまった。さすがに炊事関係のことは士官はやらなくてすんだが、洗濯や食器洗いをやってくれるものはなくなった。

英軍の作業命令に兵隊は反抗する。自分の持ってゆく弁当箱には石ころが入っていたりする。兵隊は盗んだものを食べたり着たりするが、士官はそういうことはできない。饗応にあずかると権威が落ちる。また気に入らぬ士官を兵隊は招こうとしない。ある士官は空腹に耐えかね、どこからか手に入れたコンビーフをこっそり便所で食べていた。鑵を開けるときあわてて手を切り、血だらけのふるえる手で狂気のように肉を口へ運んでいる若い士官の気の毒な姿を、私は見たことがある。

士官たちは、指導的な地位を保つために、飢餓をこらえ、兵隊たちの食ううまいものを横目で見て平然たる態度をとらねばならなかった。労働はしないのだから、我慢できないことはなかったろう。しかし一年をすぎ、荒んだ気分が支配的になってくると、兵隊はもはや士官が労働をしなくてもよいという原則を諒承しなくなった。士官たちは長い訓練の結果、ある程度英語による応対が可能になっていたので、指揮者であることには不満はなかったが、兵隊の労働をただ見ているだけでいいとは兵隊たちは思わなくなったのである。いや、士官があらゆる意味でよりつらい立場に立つことを兵隊たちは要求しはじめていたのである。それは当然であった。

内地でも戦闘の初期でも、下士官は兵とくらべて隔絶した特権を享受していた。それが敗戦後は、一般兵士の下士官への大量昇級もあって（水田班長、井野班長などもみな敗戦伍長で、戦争中は兵長だったと記憶する）、下士官は一挙にその特権を失った。士官だけがある程度その特権を維持した。激しい労働をともなう捕虜生活が長期にわたってつづく。郷愁で気が狂いそうになった兵隊には、いつ帰れるかの目途を与え得ない士官たちが、無能人として目にうつり、逆にそれを憎み虐待するようになるのは自然であった。士官たちは、ずいぶん恐怖感にとらわれたことであろう。

士官の立場は非常に苦しく、気の毒であった。司令部の方では、規律を正しくするため、厳罰方針をうちだし、食糧をひどくごまかしていたというので、私たちの連隊の炊事班などは、日本軍内で設けることを許された営倉に入れられるものもでた。この処置は規律を正すためにはある程度成功したものの、営倉の生活自体が、私たちの重労働の生活とあまり変りばえしないのだから、処罰の恐怖はたいしたものでない。

一期間が過ぎると、厳罰主義の矢面に立たされた士官と、兵隊との対立は激化していった。憎い士官を小刀を持って狙っていた兵隊もいたぐらいだから、どんな事態が生ずるかわからなくなった。一部の士官たちは、ただ兵隊の意を迎えるのに汲々とするようになった。すると今度は兵隊が働かなくなり、作業場で英軍から激しく責められることになる。サボタージュなどに関しては英軍は兵隊を直接責めたり、処罰したりすることはすくなく、士官をその対象にする傾向があった。それをいいことに兵隊たちは少々図に乗っていたのである。

この困難な状況を積極的に打開しようとしたのは、学徒出身兵を中心とする少中尉たちであった。かれらは兵隊に迎合しようとはしなかったし、ある程度距離をおくことにつとめた。それは賢明な方法だった。兵隊にとけこんで話し合ったらという現在のセンチメンタル・ヒューマニストとか「進歩主義者」のいつもふりかざす解決策は、この場合通用したかどうか疑問である。

理不尽な（と私たちは思っている）英軍の無期限に見える拘置、重労働、日々の屈辱、そういう世界で苦労している兵隊、それも大部分は妻子持ちで若くもなく、一癖も二癖もある兵隊たちに向って、若い将校が下手な話し合いをもちこめば、こじれるだけであったろう。こじれたら逃げだせばよいという現在のオルグとちがって、自分たちの生死に直接かかわることになる。集団暴動は困難でも、気に入らぬ将校の一人や二人、証拠なしに殺してしまうことはそう難事ではなかったろう。

将校たちは、ある距離をおくことによって、兵隊仲間の泥棒競争や勢力争いから超然としようとした。兵隊が絶えずタバコを吸い、まんじゅうを食い、ハムやチーズを副食にし、ウィスキーなどをかたむけているなかで、コンビーフ入りの臭いボロボロのまぜ飯を食べ、砂で歯を痛めながら超然と耐えているのは大変なことだったろう。またこの士官たちは、困難な労役にも進んで自分で当っていった。このことで兵隊たちを敬服させ、将校の権威を保ち秩序を維持できた功績は大きい、と私は思う。

私たちの中隊は、なかでも上出来の方だった。小隊長の世話は私たち五人の班でひきうけた。食事なども一緒にし、小隊長にはあと始末はさせなかった。この慶応出の私などより七、八歳も年下の若い小隊長は、強情我慢な方で、私にはなにか弟のような気がしたのだが、その私に対しても弱味は見せず、よく困難に耐えていった。

しかし、この小隊長は戦闘中はかならずしも完全な指揮官ではなかったようである。元気な人でマラリヤにもかからず、食欲が旺盛で、「鶏をとってこい」「豚がほしい」とか無理を言って兵隊を困らせたそうである。

井野班長はよくこの小隊長と一緒に戦闘した話を持ちだしてからかった。二十年七月の最後のシッタン河反撃戦闘のときである。私たちの大隊は敵の野砲陣地のある中洲へ突撃した。

舟から降りると、腹まで泥へもぐるような島だったが、まさか日本軍が来るとは思っていなかった敵兵はびっくりして砲をおいたまま逃げてしまい、兵隊たちは久しぶりにチャーチル供与の鑵詰やレーションや鶏や豚にありついた。いい気になっているうち反撃の夜襲がかかった。もうこちらは弾もない。敵のすごい機関銃砲火にはとても対抗できない。敵兵は珍しく近接して来た。白人兵である。手榴弾を投げてきた。「ワン・ツー・スリ、ワン・ツー・スリ」というかけ声も聞える。そのとき小隊長はどうしたか。

「『戦死だ、戦死だ、突撃、突撃』血相がまるで変って、小隊長怒鳴ってばかりいよるんや。『小隊長、あほ言いな、まだ大丈夫や、さがろ、さがろ』わしがいくら言ってももう聞えへん。無理やりに手やら足やらひきずってさがったんや」

井野班長はよくこう語って苦笑する。それは事実だったろう。百戦練磨の下士官が未熟な士官を持てあましている様子が眼に見え、何度聞いても私は笑わずにはいられなかった。「砲をこわすこともできんで、また取り返されてしまったのやから、わしらもあかんかったなあ」と口をはさむ兵隊もいる。こういう老練な兵隊にかかっては、小隊長も子供扱いである。どうも邪魔ものでしかなかったらしい。それがいまではやはり欠くことのできない精神的支柱になって兵隊たちの動揺を支えているのだ。

人間の才能にはいろいろな型があるのだろう。その才能を発揮させる条件はまた種々あるのだろう。ところが、現在のわれわれの社会が、発掘し、発揮させる才能は、ごく限られたものにすぎないのではなかろうか。多くの人は、才能があっても、それを発揮できる機会を持ち得ず、才能を埋れさせたまま死んでゆくのであろう。人間の価値など、その人がその時代に適応的だったかどうかだけにすぎないのではないか。

ここで挙げたような戦場の英雄も、捕虜生活の指導者たちも、みな今日「戦後の日本」で働いているわけだが、果たしてそれぞれの社会でどのような存在になっているのだろうか。

帰還後私たちは、中隊や大きくは大隊の仲間たちと二、三回会合する機会を持った。四、五人の人びととは現在も接触がある。職業も境遇もすっかり違うが、会うとたちまち兵隊にもどってしまう。水田班長はやはり班長と呼ばないとぴったりこない。小隊長は小隊長、私は万年初年兵——軍隊時代のではなく捕虜組織のそれである。したがって、お互いにいま何をしてるかについては、あまり話し合わないので詳しくはわからないが、一応紹介すると、松井小隊長は母校の助教授、ときどき会う。井野班長は自衛隊、谷本兵長は自転車屋さん、水田班長は食品製造業らしい。しかしとくに目立った活躍をしているようでもない。ただ私には、目立たないところで黙々と働いているであろう、たとえば水田班長などの姿が見えるような気がする。その人の本当の価値を知っているのは、いや知り得る特権を持っているのは、かつての戦友仲間だけかもしれない。

捕虜の慰め

捕虜の慰安には、いろいろの方法が考え出された。演劇班や音楽隊、それに野球チームもでき、連隊単位の対抗戦もあった。いろいろのスポーツでインド兵との交歓試合もやった。しかしイギリス兵との試合などはない。紳士《ジェントルマン》は捕虜などとつき合いはしないからである。文芸班もあって、俳句や和歌や、さらに国文の先生の万葉集講義などをのせた小冊子も配られた。

こういうやや公的なもののほかに、私的な文化活動もあった。部隊のなかには「小説家」がいて、その作品を一、二部筆写して回覧する。ひどい猥談みたいなものや、落語も、いやにむずかしい「純文学」もあった。

私の高等学校の先輩で哲学をやった人がいたが、その人は自室に「南無妙法蓮華経」の軸をかかげて救国の哲学を説き、兵隊たちの信望を集め、最近「新任」した師団長に「御前講義」をしているとかいうことであった。その人の小説も読んだが、一つは、幼なじみの恋人と再会した主人公の話。妻も世間も、その恋人を二号みたいに持つことを許容し、すすめる。しかし主人公は、そういう誘惑に苦しみ、自分の欲望をおさえて、恋人を清く外から守るという、はなはだご清潔なもの。一つは、田辺元先生らしい憂国の哲学者を中心とする集団が、日本を経済的道徳的に破滅させようとする国際的陰謀と闘って日本を復興させる話。これはなかなか面白かった。もっとも帰還してみたら田辺先生は『懺悔道の哲学』を書いておられた。

これを読んだもと新鋭村会議員の小島兵長は、しきりに頭を振っている。

「きれいすぎて、おれにはぴったりこない。この人はえらい人やろ。しかし、自分にもできん、人にもできん、そんな理想をお題目にしといて、こうやないといかんというのは駄目や。日本もそいで負けたんや。イングリはちょっとも、そんなことあらへん。無駄なことちょっともやりよらん。そいで勝ったんや」

そこで、がやがやと討論がはじまった。

「でも、その理想に一歩でも近づけばよいやないか。大きなこと考えんといて、小さいことだけみんな考える。小さい事いくら集めても大きいことにはならへん。大きい事は自分でできるのやない。つまり大きい事考えて一つずつ直してゆくやつが集まると大きくなるのや。おれらはそう努力すべきだ」

「理屈はそうや。けど現実はいつでもそれが逃口上や。一歩でもて言うたな。一歩は一歩や、三歩でもあらへん。それを百里を目指す一歩は、一町先を目指す十歩よりよいとぬかすんが、お前らや」

「そや、みんなそういうてだまして来よったんや。新編新鋭の安兵団、祖国の急を救わんと急遽ビルマに到着す、いかなる新兵器現わるるやと見てあれば、あら情なやガチャンポン、ガチャンポンと明治生まれの三八鉄砲、すぎし日露の戦いにいさおしたてたとうたわれたお馬にひかせたゴロゴロ大砲、五分ともたぬ雨合羽、携帯口糧一回きりで、あとはお粥か塩飯で、マラリヤ、赤痢で細みたる三十こえたるオッサン兵隊、飛行機、戦車はさらになく、これでイングリに勝てという」

うたい出したのは地方公務員の坂田兵長である。

「この戦争でおれたちの仲間は無茶苦茶に殺された。それだけだ、なんの役にもたたずに。なるほどビルマもインドも独立する。それが日本の今度の戦いのお蔭だ。大東亜共栄圏の理想は、私たちの犠牲によって大きく前進した。なんとか参謀はそんな説教しよった。でもこんなにたくさん死んで、こんなに苦しんで、それだけだ。ほっといてもインドは独立できたかもしらん。もっとすくない努力でもっと平和にやれたのに。こんな馬鹿なことがあるもんか。夢みたいなことばにだまされたからだ。これから日本人はもっと勘定しなければ駄目だ。もうける計算やない、損の方の計算をしっかりやるんだ」

この連中は、私などもそうだが、議論好きでマージャンもやらず、演劇もあまり観ず、議論ばかりをたのしみにワアワアやっていてよく叱られたものである。戦後の日本の状況を全然知らずに議論するのだ。その空しさはみんなわかっていたが、これも捕虜の暇つぶしの一つだった。

竹を切ってマージャンの牌《パイ》をつくる。マージャンは大繁昌であった。私の役は一竹の模様作製。これはうまいというので何種もつくらされ、図案の種がなくなってしまった。

百人一首もつくった。私の中隊では九十九首まで思い出したが一つ足りない。他隊に聞くのはそれこそ「中隊の恥」なので、思い出し役が私に課せられた。アイウエオ順に、うんうん言いながら並べてやっているうち、二日がかりでやっと思い出すことができた得意さは忘れられない。

おほけなく浮世のたみにおほふかな　わがたつそまに墨染の袖

なんにもできない「インテリ」の仕事は、こんなものしかなかったのである。

商売もはじまった。いつの間にか、まんじゅう屋もできた。帰還用のためとしてリュックサックなどもつくられた。材料はぜんぶどこからか工面されてきたものだが、それぞれ専門家の作品だから、現在私たちが町で買うのとすこしも変らない。これらはすべてタバコで買えるのである。インド兵用の紙巻タバコ十本入り「ネプチューン」が貨幣単位となった。英軍の白い毛糸靴下をほどいて編んだチョッキ、スウェーターなども売られていた。チョッキはタバコ十五箱、リュックは七十箱というのが相場だったと記憶する。まんじゅうと書いたのれんのさがっている収容小屋もできたから呆れたものである。

ミンガラドン飛行場の使役では、故障した飛行機を取扱わされた。ワッショイ、ワッショイと押したり引いたりしているうちに、だんだん翼や胴体が剝げめくれる。原因は精巧なねじ廻しやのみを使う日本兵のしわざである。破片はそのポケットなどに吸いこまれ、収容所に運ばれる。さらにそれは、細工道具一切そなえた職人の手に移る。ここでそのジュラルミン破片がちゃんとしたシガレット・ケースに化けるのである。ボタンを押すと一本ずつ飛び出すようになっているのもつくられた。三条橋を背景に舞妓が踊っている姿を彫りこみ、エナメルで七宝《しっぽう》のように彩色した豪華品も生まれるといった具合であった。こういうのはこっそりインド士官などに売ってタバコに代えるわけである。収容所内では、ビルマ通貨よりタバコの方が貨幣価値があった。ビルマで何かを購入するのは危険がともなうからである。

私は職人でないから、こういう特技はまったくない。そのうえ、演劇にも、スポーツにも、文芸にも興味を持てなかった。早期帰還が第一なのに、こういう活動は、それを忘れさせるものでしかないと感じていたからかもしれない。私としては、帰還促進のため、内地をはじめできるだけ各方面と連絡をとるということをひそやかな仕事にしていたのである。

しかし、その仕事だけでは殺風景である。だから仲間をつくってイギリス兵の捨てたいろいろの画報や教育用パンフレットを集めて読んだ。単語がわからないので英和辞典を探したが見つからない。仕方ないので、コンサイス型の英華辞典を手に入れた戦友から借りたりした。しかしいちいち辞典をひくのも面倒なので、インド兵用教科書を読むのが精一杯だったが、これもひどく低級なもので退屈である。というといかにも学識があるように聞えるが、実はそうではないのだ。

捕虜になってから、戦前にラングーン大学英文科を出たというビルマ人に会ったことがある。卒業写真も持っているから本当らしい。シェクスピアに関する卒業論文を書いたと言う。『カンタベリ物語』も読んだ、面白かったと言う。なるほど英会話は私のよりはるかにうまい。私など『カンタベリ物語』はとても歯が立たない。大いに敬意を表して、その本を見せてくれと言ったら大得意で貸してくれた。なるほどこれなら私も読める。絵入りのカンタベリ物語、シェクスピア劇物語などで、戦前の日本の中学二、三年程度のものである。しかもそれを本物だと思っているのだから驚いた。たいへんな英文学士もいたものだ。それもイギリス人教授について学んだと言う。卒業写真で見るかぎり本当である。イギリス人はこの程度にしかビルマ人を評価していないのである。インド人に対してもおなじことである。

このビルマ人の英文学士には、もっと驚かされたことがある。かれは私の眼鏡を指さして、それを譲れと言う。私は強度の近視である。十個持って来たのが全部こわれて今かけているのしか残っていない。だからそれは困ると断わったが、考えてみるとおかしな要求だ。第一に度が合うかわからないはずである。ビルマ人には、めったに私ほど強い度の近視はないはずだ。そこで、目を廻させてやれといたずら気を出して貸してやった。ところがかけてみて「大変よい、大変よい《ミヤジ・カウネ》。売れ」と言ってきかない。

私の度では眼鏡なしでは歩けないはずだが、この男はいつもは眼鏡をかけていない。合うはずがない。おかしいと思って、その眼鏡で本をあてがって見せて、見えるかと言うと全然見えないらしい。それどころか肉眼でもかなり本を離して見ている。明らかに遠視である。戦前、眼鏡をかけたらよく見えたことがあった、などと言う。眼鏡とだけ覚えていて遠視と近視の区別も知らず、五度の近眼鏡をかけて顔をしかめながら、よく合うよく合うと言うのがビルマの英文学士殿なのである。なんとも心細いというより可憐でさえある。しかしともかくこんな例によって、インド兵用教科書の内容がつまらないということはご承認いただけるだろう。

『魚の歌』

こんなわけで私たちは、一生懸命日本の書物を探した。司令部にはほんのすこし残っていた講談本もなつかしく面白かった。

　私には秘蔵本が「半冊」あった。渡辺一夫先生著の随筆集『魚の歌』である。半冊というこ とについてはすこし説明がいる。この本は出征直前門司で買い求め、輸送船のなかでついに読めず、ビルマまで読む機会のないまま持って来た。しかしラシオでシナ国境の前線へ向う際、後方に残して敵砲火に焼かれてしまったのである。それから一年ちかく、私は本などとはまったく無縁な生活を送った。しかし二十年四月のことである。私たちの部隊はメークテーラの激戦で最後的な打撃をうけ、支離滅裂になった。ここでも運よく私はA軍医のお蔭で助かった。というのは前線へ復帰しようとする際、軍医が身体検査をした。がりがりに痩せていた私を見たかれは大喝した。

「馬鹿もの。貴様、その身体で第一線でご奉公できると思うか。ここで梱包を看視しておれ」

　それは明らかに軍医の好意であった。

　こうして患者みたいな十数名が、寺にこもって書類や遺骨を守っているうち、前線のただならぬ雰囲気が伝わってきた。ビルマ人はどこかへ消えてしまい、砲声が四方から間近に聞えてきたのである。急に命令が出て、私は現地馬に遺骨をのせ山かげに逃げこんだ。もう道端の森には何百台というトラックなどが逃げこみ、夜はたいへんな混雑である。勇、菊、安、師団区分もつかず自動車隊がならぶ。いろいろのお国なまりの兵隊が右往左往する。そこを一人で四匹もの何にでも驚いてあばれる阿呆馬を曳いて歩くのは死にたいほど苦痛であった。どこへ行くか知らぬまま、とにかく山地へ山地へと向う。山すそ近く、かなり大きい河の岸へ出て、ここで後命を待てと言われた。二、三日休めそうなのはありがたい。また熱が出て頭がフラフラ、というより頭だけが先へ先へと進んでゆく気がして弱っているときだからである。車を放棄して山越えするというので、夜は捨てられ放火されたトラックが毎日毎日燃えて夜空をこがしていた。

ある日私は野戦病院のあったところへ出かけた。そこは敵が迫ったというので急に山を越えて移動したあとであった。マラリヤの薬メパクリンが落ちてはいないかという希望からである。急に逃げ出したためか、いろいろのものが落ちているが、なんの役に立つものも薬もない。思い切れずに奥へ奥へと入っていった私は、ぎょっとして立ちどまった。ジャングルの下に急造の床だけをしつらえた露天の野戦病院病棟が残されており、そこに十数個の屍体が放置されていたのである。敵機の機銃掃射とそれによる火災を、戦車隊の侵入と誤認し、重傷患者を射殺して逃げた野病（野戦病院）があるということを数日前に聞いていたが、それかもしれない。

胸をつく屍臭があたりにたちこめている。屍体にむらがっていた烏が人影に驚いてばあっと飛び立った。幸いにその数は多くない。禿鷹が居ないのも変だ。しかし屍体はみなもうかなりいためつけられている。鳥はまず目球をほじくり出すらしい。二、三眼球をつつかれて空洞になったのがあり、じっとこちらを睨んでいるようで気持が悪い。それでもなお私は逃げ出したいのをこらえて懸命に薬を探した。たえず熱発する身体で何ヵ月かかるかわからぬ山越えをするとき、薬があるかないかが運命をきめるような気がしたからである。

英軍の飛行機のビラはしきりに訴えていた。

「貴方がたには三つの道しかない。前線へ出て私たちの弾に倒れるか。山の中へ逃げこんで餓死するか。降伏して英軍の鄭重なもてなしをうけ無事日本に帰るか。賢明な方はきっとこの最後の道をとられるでしょう」

私たちは賢明でない。ともかくこの山地を突破しようというのだから。

メパクリンはなかった。がっかりしたがキニーネが少量みつかった。ないよりましだ。一礼して立ち去ろうとした私は、うつ伏せに倒れ、右手を台から下へダラリとさげている一屍体のその右手のところに、一冊の本が落ちているのを見つけた。あまりいたんでいないのが奇蹟のようだ。そして、なんとその本は、心を残しておいてきた『魚の歌』であった。

表紙の裏には「森七〇〇五部隊」と印が押してある。悪いような気がしてずいぶんためらったし、それに荷物になるとは思ったが、懐しさのあまりとにかく持って行かずにはいられなかった。それにしても重傷患者がどうして本を読んでいたのだろう。本を読みながら死ぬというようなことがありうるだろうか。しかしその屍体は、いま眠って、読んでいた本をとり落したような姿であった。「いただいて行きます。君につづけて僕が読みます」私は口に出してかれにそう告げ、馬のいるところへ帰っていった。

二時間ほどあとに出発命令が下った。それからトングーまでという山中行軍の途中、一、二日滞在できた場所で、ときどきこの本を開いた。もっとも一心に読みふけったというわけではない。フランスの文学思想の研究という、あまりに遠く、もう二度とやってこないであろう世界にふれることがなぜか非常に苦痛で、一、二分と読みつづけられなかった。情ないことに、パスカル、モンテーニュなどというたいへんなつかしい字を見たとたん、奇妙な連想作用がはじまるのだ。もうその内容はどこかへ行ってしまい、私の眼前には京都の研究室、先生、学友、書斎、茶、たたみ、屋根、ふとん、陶器の湯のみ、インク、ペン、電燈、日本語の女の声、そういったものが、もう現実には味わえない極楽浄土のような幻想をもって現われ、心を締めつけるのである。考えるというようなことはほとんどできない状態の連続である。一度でよいから起きる時間を心配する必要なしに眠ってみたい、もう一度、たった一度でよいから、やわらかい椅子に腰をかけ、のびをしてみたい——。

そんな精神状態と、このかなり専門的な随筆集の内容がどうして一致したのかはわからない。とにかく、読書環境までをふくめて二度と帰ってこないであろう世界への郷愁というものは、どうにもならぬほど強いものだったとしか言えないだろう。だから私は、あまり読めない、そして「重い」この本を、捨てるどころか毎日さわってみないと不安だったのである。

毎日さわってばかりいるから、大切にはしているものの、やがて表紙はボロボロになった。雨季もちかく、雑嚢のなかへも雨水がしみこむ。何度も河を渡っているうちにぬれる。美しかった本も見る影もなくなった。そのうち戦友がこの本に眼をつけた。といっても読むためではない。村へ来るごとにタバコの葉を見つけて乾かし、それを刻んで吸うのだが、それを巻く紙がない。兵隊は私の本を見つけて、コッソリ一、二枚破りだしたのである。腹が立ったが、初年兵のかなしさで犯人を追及することはできない。それにタバコに気狂いみたいになっている兵隊の気持もわかる。とうとう表紙と本文の前とうしろの部分がなくなって、中ごろの百五十ページだけになってしまった。収容所へ持ちこんだ「半冊」というのはそれである。

ここでいろいろの人に貸しているうち、表紙がついた。もとの表紙の絵とはもちろんちがっている。女の子の服を着た魚が歌っている絵が書いてあって、「声なきものの声」と但し書がついた。驚いたことには、英軍から支給された便所紙に鉛筆で写した複製もできた。これは相当な労働だったと思われる。複製本の奥付に、

昭和二十一年五月三日発行　著者　渡辺一夫　大日本帝国ラングーン市コカイン　さぶろく書房発行　許可複製　定価百万円㊝

とあったのを覚えている。和とじで、表紙は軍用地図の裏面であった。

私がみんなよりも一と足先に帰国するとき、この本はもう私の手もとになかった。望まれて残してきたかどうかは忘れた。借りていった連中はなかなか返さず、人にも貸したがらない。収容所に入ったそうそう人手に渡ってしまい、「現所有者」はどこにいるという報告だけで現物はなかなかもどらなかった。読まずにはいられないし、読むとあまりに激しい郷愁をひきおこして苦しい、しかし人に渡すのはつらい――。戦争中の私と同じような気持をみな味わったようである。

帰還後、この『魚の歌』を探したが、なかなか見つからなかった。ちょうどこの手記を書きはじめたころ、教え子の同志社女子大学の卒業生が「見つけました」と届けてくれた。教室で話したのを覚えていてくれたという。不思議な縁で三度手に入ったこの本は、いま私の机の上にある。

幾度か読みかえしてみた。淡々とした叙述はいまも強く私の心をひく。しかし、戦場ではたしかこのなかに燃えるような激しい力、とくに抵抗の精神を感じたはずである。「声なきものの声」という副題をつけてくれた誰かの心も同じものを感じたことと思われる。しかし、いまはちがう。ここには静かな情熱はあるが、激しいものはないように思われる。一言一句、全部覚えがある。たしかにこの本だ。表紙もそうだ。しかし読んでいたのはちがう本だ。私たちはまったくいまとちがう読みとり方をしていたのである。齢をとったというだけではないらしい。激越な言葉に満ちた評論とマスコミの大声に麻痺して、静かな話し方のなかにひそむ情熱を聞きとれなくなってしまっているのだろうか。あるいは、戦場の心理はちょっと想像できない動き方をするものなのだろうか。いずれにしても、どちらの読み方が正しいのだろうか。渡辺先生におうかがいしてみたい気がしてならない。

帰還

望郷という言葉では生ぬるい。兵隊たちは狂乱したように故国を想っていた。内地が戦火に焼かれ、人びとが飢えに悩んでいることは、いろいろの情報でわかってきた。しかし、実感として兵隊たちの目に浮かぶのは、やはり私たちが日本をたったころの、空襲も知らず物資の不足もまだそれほどではない、秩序のある街や村や家庭の姿であった。いや戦争が終ったという実感は、兵隊たちの想いを戦前の日本の姿に変えていた。

私たちはお互いにお国自慢をし合ったが、それは祭の話、正月の思い出、自分の職業などで、戦争の影はどこにもなかった。多くはシナ事変以来の歴戦の兵なのだが、そのような話はまったく出なかった。

帰還はすべてを希望にする。抑留はすべてを絶望にする。戦時中はあったが、もはやビルマに残ろうとする気は誰の心にも毛頭なかった。心はもう故郷に帰って、ぬけがらだけが、小隊長の言葉によれば「捕虜だけが収容所に残っていた」のである。泥棒も、演劇も、マージャンも、まったくの暇つぶしか、故郷恋しさの念をまぎらす一時的ごまかしにしか過ぎなかった。

二十二年に入ると、イギリス兵の姿も目に見えて減り、軍関係の仕事もすくなくなり、労働量も減少し、それと反対に食事はよくなり、取締りもゆるくなって、私たちもくつろいだ気になってきた。「毎週演劇は見られるし、酒もタバコものめるし（ただしこれはやはり泥棒しての話である）、これで女房がいてくれたら、大騒ぎらしい内地より楽やろな」私のとなりにいたK兵長はそう言っていた。しかし、それはうそである。現に内地からの手紙に「こんな日本へ帰るよりは食事や住宅の心配のない捕虜生活の方がましなくらいでしょう」とあったといって、かれは大変なおこり方をしていたのだから。

内地のことを知りたがったことも非常なものである。二十一年のクリスマス・プレゼントとしてビルマYMCAからラジオが贈られた。小さい身体のくせに内地の放送も楽に聞えた。しかしニュースは断片的で抽象的で、どうも私たちの家庭がどうなっているかはわからず、兵隊たちを心配させた。

二十一年夏ごろから内地への通信が許され、内地からの返事も来だした。しかし困ったことがあった。兵隊たちも家族たちも、旧陸軍の検閲に対する配慮が癖になっていて、通り一遍のことしか書けないようになっていた。こちらの通信は、「何不自由なくくらしているから安心せよ、よくふとっていたって健康、毎週演劇も見られる」というようなことしか書かない。英軍の検閲にひっかかって、せっかく許された通信がまた不許可になるといけないからという指令がでたためもある。

内地からの便りも、「お父さん、お母さんも元気です。子供も丈夫に育っています。私も貴方のお帰りだけを待って一生懸命やっております。うちのことは心配なさらず、お身体に気をつけて一刻も早くお帰り下さい」以外のことはほとんど書いてない。ときどき、「おばあさんは亡くなられました」「家が焼けましたが、新居で元気でおります」ぐらいの消息が散見できるだけである。

内地の新聞は二十一年夏、第一回の帰還船のとき持ってきてくれたのを回覧した。内地は想像以上にひどい状態らしい。内地からの手紙がうそなのは兵隊もシナ事変以来の経験で知っている。第一こちらからの通信も、「生きている」以外はほとんどうそなのだ。内地からの便りのさっぱり来ない者もあって、それは大変気の毒だった。父母が爆撃のため死んだことを知らされて茫然としていた人もあった。

もっとも、内地から便りがあっても、うそだという気があるので安心はできない。K兵長のところへは愛妻から、便ごとに手紙がとどいたが、「貴方も元気か、こちらも元気、お身体に気をつけて」というだけのものばかりで、「よくまあおなじことばかり書いて飽きよらんな。日本の女性《メマ》は辛棒づよいんだ」と苦笑していた。

私は妹からよく便りがあったが、よほど腹がへっているとみえて、三度の食事の献立をかならず書いてくる。「ひどいもの食ってるなあ。うちは百姓やさかい、もっとましなはずやと思うけど」「うちはおなじかもしれん」などとこの手紙は人気があり、回覧状が付くようになったほどであった。説教やなぐさめはもう結構、兵隊はこんな程度でもよいから現実が何より知りたかったのである。

私は、隊で帰還促進運動をやろうとしていた。英軍が読み捨てた新聞から関係記事を見つけ、それを訳して、大隊長の許可をもらい掲示板に張り出したり、兵隊たちに、演芸に夢中にならず、内地へ手紙を書き、促進運動をおこしてもらえと呼びかけたりした。いろいろの情報を集め、「うっかりしていると永久抑留だ。ソ連やシナの日本兵の徴用を見ろ」というふうなパンフレットもつくった。ビルマ英軍新聞に、「ソ連が帰さないならわれわれも日本軍を早く帰すと損だ」という論説を見つけて訳し、アジる材料にしたりした。「日本軍司令部は英軍と何か取引きをやって、帰さない共同謀議をしているかもわからない」というような無理な議論もしてみた。これは秘密出版だった。それを筆写してくれる戦友たちがいたのである。

日本軍司令部の方でも、これではいけないと気がついたらしい。英軍は日本兵の手紙に何も書いてないのを見てもう安心して検閲も十分やらんだろう、その虚をつき、こちらの状況をむしろ悲壮気味ぐらいに書いて内地で促進運動をやってもらおう、という指令がでた。こうなると兵隊は極端である。「本当をいうと、食うものも食わず、重労働で追いまわされ、もう力もつきはてた。生命もながくないだろう」てなことを書く。これは作戦図に当り、手紙は無事に内地へ着き、留守家族を驚かしたらしい。つぎの来信からは南方派遣軍留守家族同盟などもでき、京都市ではP少尉のお父さんを会長にして活躍がはじまったとのことがわかった。一同ちょっと安心した。

しかし請願に行ったら、吉田首相が「英軍の捕虜は衣食住とも十分支給され、元気いっぱい熱帯の生活をたのしんでいると英国側から通知があった。こんな内地にいるよりよいだろう」ときわめて冷淡だったという通知もくる。ビルマからの帰還がおくれているのは、ビルマ全土に散っている日本軍を集結さすのにひまがかかっているのだと、英国からの通知があったという議会報告がされたことも知った。とんでもない。二年前に集結は終り、ちゃんと組織的に強制重労働を課せられているのである。このような通知が本当らしいことはラジオのニュースからも（二十二年はじめから具合が悪くなってガーガーいって聞きとりにくかったが）

大体おなじ裏づけを得ている。まったくそのことがニュースになっているラジオを聞くのも、また何ともいえない気持である。兵隊たちは大いに怒り、同時に捨てられたような心細さを感じた。

しかし、私たちには、どこかもうひと押しすれば帰還が早められるのではないかという感じもした。英軍がすくなくなったからである。五千か六千かの日本兵を英軍なしにラングーンにおいておくことが危険なことは、英軍も知っているだろう。つまり、日本兵を帰さなければ英軍も帰れなくなるという予測ができたのである。しかし、日本兵を対ソ戦のためとっておくとか、イギリスへつれて帰って奴隷労働をやらせるのだという噂もあった。とくに後の方の話は真実性があると思われた。英国ならやりかねない。そういう感じをこの二年間の経験がさせたのである。どうしたらよいだろうか。

昭和二十二年五月、一年ぶりで待ちに待った引揚船がまたやって来た。青黒くよどんだ兵隊の顔にはまた希望が見えてきた。しかし私たちの部隊の帰還順位はまだまだである。この船でまたうち切られるかもわからない。しかし兵隊たちは、この船で帰れないと知っても今度は騒がなかった。諦めか自棄かが、もう私たちの心のかなりの部分をしめていたのである。内地との便りも許され、状勢もわかって初期のような激しいいらだちはなくなっていたこともあろう。

しかし郷愁はつのる一方である。なんとかして帰還船をつぎつぎと来させたい。一年前に帰した帰還促進の十数名の先遣隊は、これ幸いとどこかへもぐりこんで、こちらから知らせた住所によって留守家族同盟が呼び出しをかけても、出てもこないし返事もこないという知らせもきた。私たちの部隊の帰還順位はまだまだ先である。そこで第二次先発隊を出してはということになったらしい。その人員が選ばれ、そのなかに私が入っていた。小隊長が運動してくれたのであろう。

こうして私は思いがけずも戦友と別れ、ひと足先に今度来た船で帰ることになった。帰るとなるといそがしい。没収されるかもしれないが、手紙もことづかる。戦没者や、生存者の名簿もつくる。戦犯で刑を言い渡された人の名簿も借りてきて写した。私たちの師団にはないようだ。内地へ帰ってそのことを告げたら、家族の人はみなとても喜んでくれた。生きているとはわかっても、それが一番心配だったそうだ。

出発の日、作業に行く戦友たちは口々に「元気でな、よろしく頼む」といって出て行った。正午、収容所内に集合、ジープで私たちのかつてのアーロン収容所前の帰還者キャンプへ向う。病気で休みのI班長が門まで見送って荷物を積んでくれ、いつまでも手をふっている。

懐しい気のするアーロン収容所である。相変らず臭い。蠅が大変だ。もう食糧の支給はないので、自分の持ってきた米をたく。食べようとすると、焼けるほど熱い飯の上に平気で蠅がまっ黒にとまる。叩くように追い、逃げた瞬間に食べる。またたかる。一、二匹口にはいったようだ。どうしてこんなに不衛生になったのであろう。

アーロン収容所はいま戦犯容疑部隊が入っている。憲兵部隊や鉄道隊など非常な苦労をしてきた人たちだけに、私たちより顔色も悪く、衣類もひどく粗末だ。私たちのような泥棒などとてもできないそうだ。こういう人たちに対する英軍の待遇を聞く。口惜し涙をながしながらいろいろ語ってくれた。いまは看視もきびしくないらしいが、いつ帰れるか、なぐさめの言葉もでない。希望のすくないこの人たちの気持はすさびきって、規律は乱れ、収容所は不潔そのものである。荒れ放題の宿舎は絶望的なものを思わせて、暗い淋しい気持にさせられた。

同行のK少尉の友人が訪ねて来た。ヴァイオリンがうまく、ここの音楽班の一人で、英軍が本物のヴァイオリンを貸してくれたただ一人の人だという。天幕のなかで、お別れにといって端座してチゴイネルヴァイゼンをひいてくれた。内地から送られた「リンゴの歌」のレコードもポータブルで聞かせてくれた。ラジオで二、三度聞いたことのある何だかばかに明るい歌である。負けてアメリカに占領されて、女たちが無茶苦茶されて（と私たちは考えていた）、食糧不足で、こんな明るいとは……。やけくそなのか、それとも私たちが終戦を知ったときのように生きていた喜びからなのか。呆気にとられたような、たのもしいような変な気がした。もうすぐこんな世界の人間になるのかと思うと不思議な感じがする。しかし私はこの歌を知ったことに感謝した。内地の思想の急反転をあらかじめ予想させてくれたからである。

乗船命令で荷物をかついで出発。作業でおなじみの突堤へでた。摂津丸、日の丸をかかげることも許されない巡洋艦のような船が、イギリス船のなかにきまり悪そうに浮いている。はしけに乗って近づく。

看護婦さんたちが船橋から手を振っている。驚くほど色が白いのが目にしみる。行軍中死んでいった日赤の看護婦さんたちを急に思い出しどきっとした。あとで帰還した小隊長の話では、久しぶりで見た内地の看護婦さんは神様のように美しかったという。私は神様としてはずっと下品で、色の白さと、身体がたくましくてお尻が大きいのに驚き、はじめて本当の女性を見たような気がした。ビルマの女は腰まわりが男とおなじように細い。百済《くだら》観音そっくりである。「あれで子供が生めるのやろか」と兵隊たちはいつも噂していた。とにかく真っ黒でもあり、さっぱり魅力がないのがふつうである。だから日本女性をこんなところで見ることができたのは嬉しかった。しかも大変元気そうである。日本は大丈夫だと一度に安心してしまった。

輸送船とおなじような船倉が私たちの居所である。素早い兵隊たちはあっというまに涼しい場所にドンゴロスをひいて占領した。荷物の整理に気をとられているうちに、いつのまにか船は動きだしていた。ラングーンの灯が遠ざかっている。なぜかなつかしい。こんなところ二度と来るものか、見たくもないという兵隊も多かったが、やはりおなじ思いの人もいたとみえ、甲板には黒山の兵隊が集まってじっとそれを見ていた。

しかし将校たちは気の毒だった。司令部にいて苦労を知らない人たちは、当番をつけて食事をはこばすなどと考えていた。しかし隊とともにいた将校たちは船室から一歩も出ず、甲板の上の臨時に設けられた便所へ行くのも用心していた。佐官級には少中尉たちがボディ・ガードのようにつきそっていた。

甲板の上は兵隊たちの天下である。「さらばラングーンよ、また来るまでは」と小声で合唱している人たちもいる。作業に苦しむ戦友たちを残して帰るのはやはり心苦しい。しかし今度こそこの歌が本当に歌えるのだ。いつのまにか私も、小さい声でそれに言葉を合わせていた。

会田雄次（あいだ・ゆうじ）

1916（大正５）年に生まれる．40年，京都大学文学部史学科卒業．43年に応召，ビルマ戦線に送られ，戦後２年間，英軍の捕虜としてラングーンに抑留された．帰国後，神戸大学助教授，京都大学教授を経て同大学名誉教授．専攻，ルネサンス史．97年９月，逝去．
著書『ルネサンスの美術と社会』（創元社）
『世界の歴史』７（中央公論社版，共著）
『敗者の条件』（中公新書62）
『日本人の意識構造』（講談社現代新書）
『逆説の論理』（PHP研究所）他．

アーロン収容所《しゅうようじょ》
中公新書 *3*

1962年11月15日初版
2016年６月10日92版
2018年１月25日改版初版
2024年12月25日改版３版

著　者　会田雄次
発行者　安部順一

本文印刷　暁印刷
カバー印刷　大熊整美堂
製　本　小泉製本

発行所　中央公論新社
〒100-8152
東京都千代田区大手町1-7-1
電話　販売 03-5299-1730
　　　編集 03-5299-1830
URL https://www.chuko.co.jp/

Published by CHUOKORON-SHINSHA, INC.
Printed in Japan　ISBN978-4-12-180003-9 C1220

中公新書

言語・文学・エッセイ

j2

2608	万葉集講義	上野　誠
1656	詩歌の森へ	芳賀　徹
1729	俳句的生活	長谷川　櫂
1891	漢詩百首	高橋睦郎
2412	俳句と暮らす	小川軽舟
824	辞世のことば	中西　進
3	アーロン収容所（改版）	会田雄次
1702	ユーモアのレッスン	外山滋比古
2053	老いのかたち	黒井千次
2289	老いの味わい	黒井千次
2548	老いのゆくえ	黒井千次
2805	老いの深み	黒井千次
220	詩　経	白川　静